个人资料说明文字笑死人 / 001

超级整蛊message / 004

童言真无忌 / 012

经典语录——刚起床天就黑了 / 017

动物幽默段子 / 019

电脑IT真执著 / 021

学生考试很逗乐 / 025

糗事一箩筐 / 029

搞笑语录——人人都想上天堂，却没有人想死 / 040

为了有礼貌就要撒谎吗 / 042

不着调的爆笑笑话 / 062

风趣雷人的年轻人 / 068

小燕子的蝴蝶效应 / 075

生命必须要有裂缝 / 077

只为多看你一眼 / 079

你用什么化妆品 / 082

超有笑果的另类视角 / 084

男人最大的时尚 / 086

肯德基爱上麦当劳——生活里的那些搞笑事 / 088

和聪明人坦诚相见 / 090

吹蜡烛时假牙掉在了生日蛋糕上 / 093

变强大的最好办法 / 095

出去结个婚就回来 / 097

用杯子要求涨工资 / 100

女人就爱懂装不懂 / 102

遇到这事只能无语 / 105

小动物的寓言哲学 / 107

过去的已成为历史 / 109

让人出冷汗的冷笑话 / 111

没必要对谁都微笑 / 119

何况是一个西瓜呢 / 123

新鲜出炉的生活趣事集锦 / 126

交通幽默——这些人真够难缠的 / 129

犯贱爱情心理学 / 132

愚人节幽默笑话 / 135

围脖经典——哥唱的不是寂寞，只是一个传奇 / 139

让人狂汗的糗事笑话 / 148

整人及搞笑的一些笑话短信 / 158

爆笑新鲜小笑话几则 / 169

考验你想象力的爆冷笑话 / 172

15个超级经典笑话 / 176

内涵搞笑的冷言笑语 / 180

经典到叫你喷饭的小笑话 / 182

有点急转弯的8个笑话 / 185

小夫妻的爆笑生活 / 187

经典小笑话 / 190

比较经典的短信笑话 / 194

开心一刻小笑话 / 204

微博来的冷笑话 / 208

校园幽默不可挡 / 211

搞笑短信逗你乐 / 215

经典到死的屁话,赶紧学几句得瑟得瑟吧 / 218

喷饭的爆笑冷笑话 / 224

校园中的搞笑人才 / 228

个人资料说明文字笑死人

1.

家穷人丑,一米四九。小学文化,农村户口。破屋三间,薄田一亩。冷锅热灶,老婆没有。一年四季,药不离口。今日上网,广征女友,革命路上,并肩携手!

2.

曾经有个女孩子要与我共赴黄泉——"你再不还我钱,我就和你同归于尽!"曾经有个女孩子与我相约到下辈子——"想追求我?下辈子吧!" 曾经有个女孩子肯为我而死——"跟你在一起,我宁愿死!"

3.

小人本住在黄河的一边,家中有屋又有田,生活乐无边。自从有了OICQ,它占我时间夺我钱,逼我卖楼又卖田,流落在街边……各

位朋友可怜我,陪我聊聊天!聊聊天!

4.

陪人聊天,每字6角,标点符号半价收费,千字以上打8折!先付款,后聊天,款到即聊。对待非专业人士,偶不承担主动交谈义务。网络虚假,若受伤、受骗,偶不承担任何责任。

5.

1980年中国制造,长178cm,净重66kg。采用人工智能,各部分零件齐全,运转稳定,经三十多年的运行,属质量信得过产品。该"产品"手续齐全,无限期包退包换。现因发展需要,诚招志同道合者,共同研制开发第二代语言聊天软件,有意者请联系!

6.

我是宇宙超级网虫,欢迎你打我、骂我、K我、扁我、踢我、踹我、揍我,甚至把我煮、煎、炒、炸、焖、炖、红烧、清蒸、干煸、水煮……我都毫无怨言,但前提是:这个人必须是天底下最漂亮、可爱、美丽、温柔、善良、贤惠、有气质的大美女——某某(女友名字)。

7.

每个女人都是为爱而折翼的天使,她们来到人间,就再也回不去天堂了,所以需要男人好好地珍惜。我也是天使,不过降落的时候不小心脸先着地了,回不去天堂是因为体重的原因。不过,我还有一颗天使的心,善良、仁爱。

8.

人还不错,除了长得帅点以外,也没什么缺点了!我有时候觉得,自己其实不太帅。但有一天,我被一群女孩子围住,她们说我帅,我不承认,她们就打我,还说我虚伪。

9.

别看资料,看聊效!

超级整蛊message

你可以什么也不说,但你所说的每一句话都会成为废话。

每一个女人,都是天使下凡,只不过你的脸先着了地……

你的眼睛就像天边的两颗星,一大一小;就像十六的月亮,白多黑少。

人们是因为缺乏判断力而结婚,人们也是因为缺乏耐力而离婚,人们更是因为缺乏记忆力而再婚。

关于大学里谈恋爱的酷诗一首：寂寞啊寂寞，不在寂寞中谈恋爱，就在寂寞中变态。

一胖女士常常炫耀自己的身材好，非要老翟夸奖几句。老翟只好说："太丰满了，你把丰韵丹涂到腰部啦？"

美女复美女，美女何其多，你若待美女，无法讨老婆。

不明白究竟是什么样的理由让我如此惦记着你，万语千言汇集成四个字："快还我钱！"

五岁的强强知道外婆属鸡，自己属狗。有一天，外婆带强强游玩回来，毕竟年纪大了，外婆说："真累呀，我肌肉疼。"强强跟着说："我也是，我狗肉疼！"

你的脸比陈世美的还美，你的眼比诸葛亮的还亮；我的爱比鲁智深的还深，我的情比关云长的还长，但我的诺言比孙悟空的还空。

告诉你一个秘密，请先看后面，再看左边，再看右边！好了好了，拜托不要再拿着手机东张西望好不好！

今天一的哥说：“如果找十几个20岁左右的死刑犯，让他们练四年足球，然后，让他们踢世界杯，出线了就出狱，出线不了拉回来枪毙。国足一准儿出线。”我惊异于他的想法，问道："那怎么解决现在离婚越来越多的现象呢？"司机掐断烟头狠狠说道："真正能阻止离婚的婚姻法是：离婚后房子归国家。"

你再惹我，我就会在经济上封锁你，政治上孤立你，精神上折磨你，肉体上摧残你，生活中遗弃你。

由于近来太阳粒子太强，太阳下打手机会出现无信号现象，请你在打手机时另一只手高举过头遮住太阳光！记住，越高越好！

告诉你一个发财的秘诀，你可千万别告诉别人哦！把你的钱对折一下，是不是立刻翻倍了？

自古以来，这条数学方程式都是对的：a=b，b=c，所以a=c；你=动物，动物=猪，所以你=猪！

神知道你口渴，于是创造了水；神知道你饿，于是创造了米；神知道你没有一个可爱的朋友，所以创造了我；然而神也知道这世上没有笨蛋，顺便创造了你。

有人对我说你聪明得像猪，我听后便大怒！我是了解你的！这样的侮辱，简直太对不起猪了！

跳楼须知：留遗言到六楼，想残废到五楼，要住院到四楼，只吓人到三楼，玩武侠到二楼，看热闹请到一楼……

给你讲个故事："从前有个笨蛋，他非常笨，别人问他问题他只会回答'没有'。"这个故事你听过吗？

一天，你遇到狮子，故作镇定，用可怕的眼神瞪着狮子。突然狮子双手合十并跪了下来，你得意地说："知道厉害了吧！"少顷，狮子幽幽地道："祷告完毕，可以用餐了。"

母老鼠怀疑老公有外遇，她跟踪老公到草丛旁。一会儿一只刺猬钻了出来。母老鼠一把拽住刺猬："死鬼，还说没外遇，擦这么多摩丝去勾引谁呀？"

仔仔被爸爸修理了，他跑去找妈妈诉苦："妈妈，有人打你儿子你会怎样？"
妈妈："我会打他的儿子报仇！"
仔仔："……"

自习课时，教务主任走进来，对班长说："帮我找两个人，我要班花。"于是班长就组织全班投票评选起班花来，闹了一节课，终于统一了意见，选出了班里最漂亮的俩女生。于是这两位女生很羞涩地去找主任，主任说："跟我去教务处，我要搬花……"

你半夜三更起来解手，忘了拉灯，一不小心掉进茅坑，拼命挣扎，壮烈牺牲。消息传到北京，领导一听大吃一惊，亲笔题词："生的荒唐，死的窝囊！"

你到云南西双版纳旅游，途中遇到一群野猪的围攻。旅客们都掏出食品、金钱，野猪不为所动，你掏出仅有的身份证，群野猪跪而痛哭道："老大，我们可找到你了。"

狼入侵，小动物成立敢死队对抗。螳螂："我有双刀。"刺猬："我满身都是暗器。"天牛边晃触角边唱："哼！我有双节棍双节棍！哼哼哈嘿！"

真希望能和你合作去做一番伟大的事业，我们会不愁吃、不愁喝的，而且还可以环游世界，我想以你的魅力你会挣得比我多的。（此处无数回车）答应我好吗？明天我们一起去要饭！

我有一个请求：请我吃饭。希望你能满足我，否则我就把你的手机号写在墙上，前面再加两个字：办证。还要请我吃好的，要不就写：征婚，条件不限。

朋友你即将远行，凛冽的寒风挡不住我们深厚的友情，我握着你的手，深情地说："好好改造，争取减刑！"

老虎读了三国以后去抓野猪,见猪窝无一猪,摸摸胡须说:"空城计!"转身见兽夹上有一死猪,大惊:"苦肉计!"忽然又见到了你,大喜:"哎哟,还有美人计!"

送你一朵幸福花,好好养在手机里,它会给你带来好运气!但一定要记得经常给手机淋点水,里面的花需要浇下水哦!

我是鱼,你就像那水里的空气。我发现我一刻也离不开你。让我们相伴,一起渡过人生的漫漫长河吧。

我说的,未必是真的。你说的,未必是假的,但我手中的玫瑰不是假的,你的泪水是真的。所以,真的未必是真的,假的未必是假的。

经查,嫦娥不是一般的富婆而是一个风流富婆:有别墅——广寒宫,过夜生活——白天难见,养宠物——玉兔,假清高——种桂树,极度挥霍——太空游,绯闻多——与后羿、吴刚、八戒等有染!

白骨精色诱唐僧未果,引诱悟空也未成,然后来招惹猪八戒,八戒也不为所动,白骨精哀叹道:"潮流变化可真快,现在已经不流行骨感美女了!"

在茫茫人海中,当你收到这封真挚的祝福,请你用尽全身力气把头往墙上撞——看见没有,你眼前无数的星星,这就是我的祝福。

想和你去看海,却把握不住莫测的未来;想和你去登山,却充满对理想的茫然;想和你去流浪,却到不了幸福的天堂;想和你去逛街,却碰到警察说:"不许带宠物!"

不是每一朵花都能代表爱情,但是玫瑰做到了;不是每一种树都能耐得住干旱,但是白杨做到了;不是每一头猪都能收到短信,但是你做到了!

童言真无忌

有个男人想离婚再找个年轻漂亮的女人做妻子,一心想做通女儿的工作。一天,他对上幼儿园的女儿说:"我发现你妈妈太老了,我给你换一个年轻漂亮的好不好?"女儿说:"可是,我发现你妈妈比我妈妈还老哇!"

妈妈:"儿子,我看见你弟弟拿了个最小的苹果,你是按我说的告诉他,可以自由选择吗?"儿子:"是的,妈妈。我告诉他,要么拿最小的,要么什么也别拿,结果是他拿了最小的。"

作文课上,题目:《假如我是百万富翁》。同学们都在写,唯独约翰坐着不动,老师奇怪地问:"你怎么不写?"约翰得意地说:"百万富翁用不着写作文,有秘书呀!"

课堂上，老师给学生布置了一篇作文：《什么是懒惰？》。结果儿子一言不发，老师问一句，不出声，问两句还是不出声，到最后儿子答道："这样就是懒惰！"

爸爸："儿子走，跟爸爸一起去洗澡。"
儿子："我不能去。"
爸爸："为什么？"
儿子："明天要进行语文考试！"
爸爸："那跟洗澡有什么关系？"
儿子："生字全写肚皮上了。"

学生："老师，您找我有什么事吗？"
老师："你跟小红是亲兄妹吗？"
学生："不是。"
老师："那为什么这篇作文《我的爸爸》你跟她写的完全一样！"

新学期大家都许了个愿望。
甲："我愿意每门功课都考100分！"
乙："我愿意每次考试都能拿满分！"
丙："我愿意每次考试都和他俩挨着坐。"

"妈妈，人真的是从猴子变来的吗？""是的，宝贝。""哦，怪不得现在猴子越来越少，人越来越多。"

邻居阿姨生了个小妹妹，母亲问明明想不想要个小妹妹。明明说："妹妹有啥好玩的。妈妈，你给我生只小狗吧，要白色的。"

一个来做客的夫人非常奇怪主人的小侄子为什么那么守规矩。"你真乖。"她说，"你为什么这么听话呢？"小侄子答道："因为妈妈答应给我买个玩具熊猫，如果我不嘲笑你那蒜头鼻子和招风耳的话。"

小孙子想要从井里提桶水，可怎么也提不动。站在边上的奶奶帮他把水提上来后，对他说："再吃几年饭，你就可以了。"回到家里，奶奶往针眼里穿线，由于老花眼，试了多次也没穿进去。孙子见到后，帮她穿了进去，然后小孙子对奶奶说："再吃几年饭，你就可以了。"

爸爸专门为儿子制定了作息时间表：早上七点十分起床，吃早饭，上学；中午吃饭，午休，下午一点上学；傍晚吃饭，做作业，晚上八点半睡觉。儿子看了作息时间表后生气地说："你不是我亲爸爸，要不，怎么会一整天不让我上厕所。"

爸爸教儿子识数，问道："儿子，一后面是几呀？"

儿子："二。"

爸爸："那二后面呢？"

儿子："三。"

爸爸："那三后面呢？"

儿子："茄——子。"

车上放天鹅湖的音乐，我一时兴起给6岁的女儿讲解。

女儿没有听过这个故事，于是我简化讲道："一只天鹅变成美女，嫁给了王子……"

女儿担心地说："王子让她生宝宝，她下个蛋怎么办？"

有个小孩到楼下的小店买饮料。店主给他一瓶，然后小孩说没钱。店主生气地威胁说："没钱找你妈妈去！"

小孩被吓得瓶盖都掉地上了。捡起来一看：再来一瓶！

于是把瓶盖给了店主，高高兴兴地走了。留下店主一脸茫然……

小侄女5岁多，经常语出惊人。某天她爸抱着她看完一部鬼片，小侄女估计晚上不敢睡觉，进进出出房间几趟以后，看看爸爸妈妈，然后指着她妈妈的鼻子说："今天你睡沙发，我要和你老公睡觉！"

弟弟用筷子夹着一封电报送给姐姐："你的电报。""为什么用筷子夹着？""怕上面有电。"

一人新到一个城市，找一名小男孩问路："请你告诉我，最近的银行在哪里？"小男孩："可以！只要你肯付100元。""为什么要这么多？""因为金融方面的指导，价格都是很高的。"

儿子7岁，他妹妹5岁。一天，他妈妈拿出一个大蛋糕和一把刀对儿子说："去把蛋糕切开，然后给妹妹一块，记住：要做得像个男子汉。"

儿子问："男子汉是怎么切的？"

妈妈说："他们把大的分给别人。"

儿子想了想，然后把蛋糕拿到妹妹面前对她说："妹妹，你来分蛋糕。"

女儿4岁，昨天从幼儿园放学回家，跟我说："妈妈，我班有个小朋友在幼儿园喝可乐了！妈妈，你说，小孩子喝可乐是不是不好？"我："是的，小孩不能喝可乐的！"宝宝："是呀，我就是这么跟他说的，小孩不能喝的，里面都是地沟油！"

经典语录——
刚起床天就黑了

说要和我比懒,又说懒得和我比。切!这种不负责任、一时一样的想法,我都懒得去想。

兄弟如手足,老婆如衣服!我不洗衣服很多年了,谁叫我这人讲义气,重情义啊!

日上三竿头,人约黄昏后。起床大叫:"啊!天又开始黑了,又要睡觉了!"

我懒?我容易吗我?看见美女我都懒得眨眼睛!

"懒人多屎尿！懒人多辩驳！"老板，你骂累了自己喝杯水再骂，记得留口气发工资给我。

我很少说话。不说话就没人会怀疑我，因为我从来没刷过牙！

别跟我提洗澡！我可是国家一级"免洗"类型！

我喜欢黑色！黑色比较诱惑，当然最主要的是有超强的隐藏能力，不怕脏！

我是有着高尚品德的人，看到地上有钱我都懒得去捡。我就等着别人自己动手往我口袋里塞人民币！要知道，乞丐也是一种高尚的职业！

老婆怀孕了，问丈夫男孩好还是女孩好。丈夫无奈地放下拖布："女孩好，做女孩时全无烦恼；做女朋友时可以无理取闹，做老婆时可以很刁，哎，做女人真好！"

动物幽默段子

苍蝇和蚊子在网上见面,蚊子兴奋:"我的网名是一针见血,你是……"

苍蝇:"别管我是谁!我可看见蜘蛛爬过来了,流着口水……"

萤火虫因耍流氓被拘留,萤火虫不服:"谁放电了?谁裸奔了?谁有暴露癖了?厕所黑还不许俺点个灯啊?"

昨天,看见一群大雁由南往北飞回,它们排成几个大字,嘴里还说:"他妈的,白跑了一趟,南方更冷!"

话说有一间动物园新来了一只狮子,其他的狮子都吃牛排,这只新狮子只分到一根香蕉。起初这只新来的狮子以为自己资历浅,不以为意,隔了几天,它实在受不了了,就开口问了其中一只狮子:"为什么你们每天吃饭都吃牛排,而我都吃香蕉?"资深的狮子回答说:"因为我们这个动物园,狮子的人事冻结,你顶的是猴子的缺。"

蟋蟀嘟嘟叫,蜘蛛问:"你声咋变了?"蟋蟀:"感冒了,拨号音不对,所以上不去。"这时蜘蛛突然摔下来,蟋蟀:"啊?宽带也掉线?"

老板指着笼里漂亮的黄鸟说:"这鸟老实,不乱飞。"客人高价买回,打开笼门说:"飞吧,到家了。"黄鸟笑着说:"上当啦!我是……小鸡耶!"

老虎按住王八,说:"小样!穿个马甲我就不认识你啦?"第二天见乌龟,老虎笑:"嘿嘿!咋样?你的壳被我按裂了吧?"

电脑IT真执著

计算机版的《执著》

每个夜晚来临的时候
孤独总在我左右
每个触电心跳的时候
是我无限的享受
每次面对你的时候
不离开你的屏幕
在我每次通关的背后
有多少攻略要瞅
不管时空怎么转变
技术怎么发展
我的爱总在你芯间
你是否明白
我想有个高档的P3
注定现在拼命搞钱
无法停止我内心的狂热
对电脑的执着
拥抱着你，Oh my game
你可看到我有点累

是否爱你让我疲惫，让我心碎
拥抱着你，Oh my PC
可你知道我缺少money
纵然使我视力后退，工资全没

Windows版《比较烦》
最近比较烦，比较烦，比较烦
总觉得日子过得有一些极端
我想我还是不习惯，从Beta1到中文正式版
最近比较烦，比较烦，比较烦
总觉得启动一天比一天变慢
朋友常常有意无意调侃
我也许有天该去找找微软
最近比较烦，比较烦，比较烦
我看那帮助怎么也看不到岸
看看系统莫名其妙的警告
找个不占资源的菜单是越来越难
最近比较烦，比较烦，比较烦
陌生的界面哪个是我的期盼
离开了提示的菜单，现在的我更觉得头脑简单
最近比较烦，比较烦，比较烦
系统说你的200该换成P3
我问老段说没钱该怎么办
他说基本上这个很难
最近比较烦，比你烦，也比你烦
我梦见和比尔·盖茨一起晚餐

梦中的餐厅灯光太昏暗,我偏寻不着想扔他的臭鸡蛋
人生总有远的近的麻烦,98总嫌我的芯片太慢
朋友说你的配置现在太烂,虽然我已换了两次主板
管它什么天大麻烦,久而久之我会习惯,天下没有不死机的微软
有天发现我的文件变得很短,原来它在吞噬我的硬盘
内存太少运行起来很慢,任务太多死机变得频繁
麻烦,麻烦,麻烦,麻烦,麻烦,我很麻烦,麻烦,麻烦,麻烦
最近比较烦,比较烦,比较烦,我的硬盘只有原来的一半
想装的程序排得太满,推荐的配置有些高不可攀
最近比较烦,比较烦,比较烦,我不仅心烦还有点混乱
发热的机箱让我觉得温暖,内存不够是我最大的负担

《网到破灭再从头》
网是胸口永不尽的痛
一次上线,四个窗口
One two three four
每个都不会沉默
网关是一场不尽噩梦
一再破灭,一再从头
断续连线,试图永久
多少风和雨
斑驳着相约的角落
多少我和你,聚散泪和酒
不堪回首

我的爱，我的心
我从拥有到失去你
再连上，清华又当
何时天长地久
断的悲，通的喜
网从断线到从头起
再上线，多少狂喜
抵我一生的忧
断的悲，通的喜
网从破灭到从头起
多少你留下消息的站点，都有我

学生考试很逗乐

小抄版《掌心》

你手中的考试卷

是不肯泄露的天机

那也许是我一节

不能去的禁区

我到底该不该去捉你

还是装作完全不知情

在小小的教室里

进行一场残酷的游戏

捉作弊，是不是天生的宿命

教室里，眼里都是你的贱行

而记过是我给你的无期徒刑

摊开你的掌心

让我看看你
小之又小的小抄
看看里面是不是抄得密密麻麻
摊开你的掌心
握着我的证据
不要如此用力
这样会握破握坏那小抄
也弄痛你的掌你的心

考级版《如果云知道》

课一旦结束,一切都好清醒
时光它一旦流尽,只剩笔记
放逐自己在考场的边境
任由恐惧一步一步向我逼近
恨你的心,看不见底
真的有点饿了
没什么力气
有好多好多不会的呀
哽住呼吸
跨区的题我又无法翻过去
如果可以瞒天过海挡住你
作弊委屈不必澄清
只当你没看清
要是俺知道
玉米糊的课慢慢熬

每个单词念一遍

每个section作一遍

只感觉头脑不停发烧

要是俺知道

逃不开四月十号

每当体重日见少

每回模拟又不妙

只剩下心在乞讨

我还是不知道

考试版《左右为难》

左手写down，右手写着pass

紧握的双手，模糊的悲哀

我的取舍，会有怎样的伤害

面对着老师和学弟

哪一个我该背叛

一边是友情，一边是人情

左右都不是，为难了自己

是听你的话，或放他去吧

当一切还未成事实

装作不在意的你

如何面对

右手写pass，左手写着down

摊开的双手真令我无奈

我的无言，有最深沉的感慨

最亲的老师和学弟
我的心一直在摇摆
你让我愧对他
他是你眼里的沙
他被当你开心
给他，让他，恨你，当吧

糗事一箩筐

1.

今天因为买家具而去抽奖。因为是抽奖，比较重视，就让老爸去玩玩，结果老爸给抽了个4S回来，我一看就hold不住了，那个兴奋哪！老爸却一脸埋怨，这什么手机嘛，后盖又打不开，还不给第二块电池……

2.

我们宿舍一女，声音嗲过林志玲。一日，我手机响了，一看是10086来电话，心想准又是啰嗦一大堆就没搭理，她却拿起我手机用她那迷倒男人的嗲音说了一句震撼全宿舍的话……

舍友："您好，这里是10086，请问有什么可以帮您？"

10086："……"

舍友又重复一遍："您好，这里是10086，请问有什么可以帮您？"

10086（爆汗，估计看了下号码确认没打错）："您好，这里是1008……"

舍友打断："帅哥真讨厌，干吗学人家讲话，哈哈哈。"

3.
今天领儿子去动物园玩，不知道1岁半的儿子用什么语言跟猴子交流，只听见叽歪几句后，猴子从地上捡起块饼干，要递给儿子。

4.
苹果专卖店里，来了个目测像是暴发户的客人（开着宝马X6，后面还跟着几个跟班的），进来就问iPhone5有没。我还没开口，我的店友就一眼鄙视样地来了句："又一傻X，第几个了？"（他平时就这样，好像卖iPhone多厉害似的）声音虽然小，但那人绝对听到了。客人瞥了一眼，没理那倒霉孩子，直接走到老板那问："店里有货没，拿20个4S现在带走。"老板刚要狂喜，那人指着我店友又补了一句："前提是让这玩意儿滚蛋！"当时店友表情那叫丰富。那人刚走，店长随后就跟店友算工资了……我那叫一个膜拜啊！

5.
男友家有4岁小妹妹一枚，一天发现柜子上的感冒药没了，男友虎着脸把她叫过来……

男友："你拿我的药了？"
妹妹："我真的没拿。"
男友："拿了几盒？"
妹妹："两盒。"
男友："你扔掉了？"
妹妹："没有扔。"
男友："扔哪了？"
妹妹："厕所垃圾桶。"
……

6.

本人男,和一女生哥们儿相称,下午见其QQ在线遂发:"妞,今晚有空吗?帮我探讨下那啥作业呗!"对方回:"我是他男友。"然后晚上又见其在线,遂发:"下午喊你妞被你男朋友发现了,咋办?"对方回:"兄弟,我还没走呢……"

7.

上小学的时候,喜欢玩小葫芦,上课的时候偷偷在下面玩,不巧却被老师发现,问我在干什么,我不知道哪里来的勇气,把葫芦对着他,说了一句:"收……"后来我就被叫家长了。

8.

上体育课。老师为男,35了急着结婚。一女同学羞涩地说:"老师我大姨妈来了。"老师回了句:"她漂亮吗?以后要给我介绍对象不用那么羞。又不是见不得人的事。"对象……对象……

9.

老公原来开的面包车,手动挡、手摇车窗、空调都是坏的,他说他有办法假装成高级车:起步挂挡的时候先挂一下倒挡,倒车灯会亮一下,让人以为是自动挡;摇车窗时尽量匀速,看起来像电动车窗一样;大热天紧闭车窗,装出一副凉爽惬意的样子,假装有空调。

10.

一天，精神病院的护士接到一个电话，那人问："小姐，你去看看13房4床的病人还在不在？"护士说："请您稍等一下。"过了一会儿，护士："哎呀，他不在了！"电话里的人说："那就好！看来这次我是真的跑出来了……"

11.

高中同学聚会，回忆三年寒窗生活无不感慨万千，一同学在角落里很是忧虑，班长问那同学："怎么啦？""我非常想念××！她今天怎么没有到？"班长想，这位同学不错，很重同学情谊，关切地说："她不是你同桌吗？你们感情很深啊，值得我们学习！""哪里！她欠我500元钱到现在都没还！"

12.

今天和男友下楼买菜时，男友忽然说："接吻啊！"我心一动，故作矜持地娇嗔道："讨厌……"没等我说完，只见一个什么东西向我飞来，砸中我的脸又垂直掉在了地上。没等我缓过神来，只听男友抱怨道："不是让你接稳吗……"

13.

躺床上想明天不能晚起，所以下了一个APP，是那种需要解开数学题才能关闭的闹钟。想测试一下，选的数学题难度是：I must get up! 结果一看是一道函数题，当时我就崩溃了。现在正在百度找答案中，悲催的闹钟还在响……

14.

　　班里有个神偷,他偷东西的技术绝对可以跟《射雕英雄传》中的朱聪有一拼。那会学校小店里一直丢东西但无奈找不到小偷,其实我们一个宿舍的都知道是他。有一天我晚自习结束去小店里买东西,我去的时候老板快关门了,看他正用铁丝什么的在忙,我就好奇地问了下,他说最近老是丢东西,装个电网电死那小偷。我听了心里一惊,趁他不注意赶紧把插头拔了。不是哥善良,那会心里想的是这丫不能死啊,死了没人偷东西给我们吃了……

15.

　　老公的肚子那是一天比一天圆啊。早上在客厅,我突然听见卫生间幽幽的一句:"我可怜的六块腹肌啊,你死得好惨啊……"十秒后:"希望你还能一直那么英勇。"

16.

　　昨天坐车,边上有一对基友,各种亲昵与秀恩爱。后来安歇了好一阵子,小受很惊奇地抬起头看窗外,说:"啊?老公!我们是不是坐过站了?"小攻:"宝贝儿,早就过了,我们坐到终点再坐回去好啦。"说完又把小受抱怀里。我当时就被hold住了,之后马上也发现我自己也坐过站了……

17.

某天,英语老师问道:"知道我为什么在你们的试卷上画圈圈吗?"某男同学低沉的声音响起:"难道你想诅咒我们?"

18.

今天下午公车上人多,跟了我三年的翻盖手机被挤断了,捡起来捧在小手里各种心痛啊,这么长时间了有感情了啊,正准备酝酿眼泪呢,手机华丽丽地响起来了。谁的电话?颤抖着接了起来(免提),我能告诉你我在公交车上手机被挤断了吗?我能告诉你现在满车的人看着我捧着半拉电话开着免提跟你聊天吗?

19.

本人一个最好的闺蜜,她和她男朋友在一起四年了,有一天我嘴贱问她还是处女吗,她特别害羞地说是,表示还是纯洁的,结果第二天给我打电话哭着说怀孕了,问我怎么办……

20.

小时候家里穷,爸爸没吃过多少好东西。有次去亲戚家做客,吃的是汤圆白米粥,我爸舍不得吃那些汤圆,就拨在一边,准备最后吃。女主人见了,道:"你不爱吃汤圆啊,我帮你吃了吧!"就把我爸的汤圆全都捞走了!我爸那个悔啊!

21.

那天移动做活动，充30送30，充50送50，然后我兄弟就果断地充了100！结果充完之后服务台的人提示："不好意思，充100没活动。"

22.

交了个男朋友，家里不知道。暑假他去县城看我。晚上11点多男友送我打的回去，我看那司机特眼熟，以为是我表舅，想都没想就喊了舅舅。一路上我还问这说那的，后来，司机问刚才我旁边的是什么人，我说是我男朋友，他来了句，大晚上的我以为你为了摆脱你身边的人，就喊我舅舅的。我无语了，仔细一问才知道是我认错人了……

23.

和男友出去玩。打了一车。中午很热，在车上阳光挺晒的，我就躺在男友腿上，让他给我挡阳光。男友："师傅您看，这就我祖宗，我得供着……"司机乐了，问："结婚了吗？"男友："还没呢。"司机："那得供着……"我："那您这话……结婚就不供着啦。"司机说："钓上来的鱼谁还喂啊……"我："……"

24

一个女性朋友特相信星座运程，书上说本周她不可以和处女座的人在一起。然后我和她一起去赴约，快迟到了所以决定打车。拦到车时我朋友问司机："司机大哥，是处女座的吗？"司机惊讶地说："不是处女也可以坐的……"

25.

领导到来,同事听到动静赶忙关窗口。关掉开心网,QQ游戏大厅出来了;关掉游戏大厅,大智慧铺满全屏;关掉大智慧,QQ聊天窗口蹦了出来。眼看领导就到跟前,同事果断按下显示屏开关,痛苦万分地嚎道:"怎么黑屏了?领导,绊到我电脑电源线了吧!我做的东西都没存呢……"领导巨尴尬,边道歉边迅速逃走。

26.

小男孩:"我想买那个卫生巾。"

服务员:"是你妈妈叫你来买的吗?"

小男孩:"不是。"

服务员:"那是你姐姐?"

小男孩:"也不是,我想买。"

服务员:"你买卫生巾干什么?"

小男孩:"我看电视上说:有了它,又能游泳,又能滑冰,还能打网球。"

服务员:"……"

27.

老师问一个学生:"你怎么上课时老睡觉?" 学生马上答道:"因为我是特困生!"

28.

作业做了很久,顺手打开收音机,一个温柔的声音传出:"……如果肤色绯红,脸上的绒毛细嫩柔软,那么说明很健康……"听到这里,忍不住摸了自己的脸,对镜顾盼,再笑一笑,样子健康可爱。这时,又听播音员说道:"好,听众朋友,这次我们的《养猪知识讲座》就到这里……"

29.

不挂科,我所欲也;不复习,亦我所欲也;两者不可得兼,我勒个去也。

30.

有的人死了,也不想让别人活了。比如牛顿、法拉弟、欧姆。

31.

过(guo)与挂(gua)最大的区别是听到成绩后是噢(o)还是啊(a)!

32.

语文课上,老师叫同学们用"不是……是……"造句。老师:"有没有人会?说错没关系。"阿呆:"老师,我会。"老师:"你说吧。"阿呆:"哥种的不是萝卜,是寂寞。"立刻有一个女孩站起来说:"姐种的不是牧草,是烦恼。"

33.

老师说:"一个傻瓜提出来的问题,十个聪明人都回答不上来。"
学生恍然大悟地说:"难怪我考试总不及格。"

34.
小李的手机刚买不久就被偷了,抱着试一试的心态,他给自己的手机发了条短信:"手机可以给你,能不能把卡还给我?"短信发过去后,对方很快就回复了:"可以啊,你顺便把手机的充电器给我带来吧。"

35.
一个强盗溜进珠宝店,用手枪对准老板说:"给我一个戒指,快点!"老板吓得要死,忙递上一只钻石戒指。强盗端详了一番吼道:"换个便宜点儿的,得让我未婚妻相信是我买的!"

36.
打开收音机拧开几个频道,内容全是一套。A台正在看病,B台正在卖药。治肝专家演讲,防癌教授传道。病人电话咨询,患者家属挂号。电台成了医院,听众都是"病号"。××广播电台,现在开始卖药……

37.
昨天我拔完火罐去游泳。正游得高兴,忽然听到身后有个小女孩大声说:"七星瓢虫!"我不知道发生了什么事,就回头看了她一眼,结果她马上哭着对妈妈说:"妈妈,瓢虫精……"

38.
妇人在公园里一张长椅上坐下,四顾无人,便把腿伸直放在椅上想松弛一下。过了一会儿,一个乞丐走到她面前说道:"相好的,一

起散步如何?""你好大的胆子,"妇人说,"我可不是那种勾三搭四的女人!""那么,"乞丐说,"你在我床上干什么?"

39.
音乐会上,迟到的一位先生问他的邻座:"请问,现在台上演奏的是什么曲子?"邻座说:"贝多芬的第九交响乐!"先生十分懊丧地说:"唉!真不该来晚,这么会儿工夫,错过了八个!"

40.
某公司会议。老板主持会议:"各位员工,开会之前我先说说药家鑫这个案子,今天上午他被判处了死刑,这就是药家鑫的下场!好了,再回到会议中来,昨天有谁提出要加薪,今天再确认一下,有木有,有木有?"此刻所有员工鸦雀无声。

41.
小明对自己的同桌说:"昨天我在作文里只写错了一个字,就被老爸狠狠揍了一顿!"同桌很惊讶地问:"哪一个字?"小明说:"不就是把列祖列宗写成劣祖劣宗嘛。"

搞笑语录——
人人都想上天堂,却没有人想死

大便的离去,是马桶的追求,还是屁股的不挽留。

都说姐漂亮,其实都是妆出来的。

哥吸烟,是因为它伤肺,不伤心。

小鸟虽小,可它玩的却是整个天空。

穷耐克,富阿迪,流氓一身阿玛尼。

唐僧再厉害，也不过是个耍猴的。

分手后的思念不叫思念，叫犯贱。

一拜天地，从此受尽老婆气；二拜高堂，还要讨好丈母娘；夫妻对拜，从此勒紧裤腰带；送入洞房，我跪地板她睡床；唉，我是绵羊她是狼，有妻徒刑岁月长……

人人都想上天堂，却没有人想死。

我要做一粒扁豆，你踩或者不踩，都是扁的。

初恋是美术，热恋是技术，结婚是艺术，离婚是手术。

希望我喜欢的人不要滚滚而来，更希望我不喜欢的人滚滚而去。

男人因孤独而优秀，女人因优秀而孤独。

为了有礼貌就要撒谎吗

北大清华大学生辩论赛辩题：在现代社会，合作和竞争哪个更重要？清华才女："对方既然认为竞争重要，那我请问对方辩友是怎么出来的？是您父母竞争出来的还是父母合作出来的？"全场寂静，主持人抽搐！北大方一猛男站出："我可以告诉对方辩友，我们都是从几亿只精虫中竞争出第一名而诞生的！"掌声雷动。

医生问道："如果我把你的一只耳朵割掉，你会怎样？"患者回答："那我会听不到。"医生听了："嗯嗯，很正常。"医生又问道："那如果我再把你另一只耳朵也割掉，你会怎样？"患者回答："那我会看不到。"医生开始紧张了，"怎么会看不到咧？"患者回答："因为眼镜会掉下来。"

两位律师走进一家快餐店,点了两杯饮料,然后从公文包里掏出自带的三明治吃起来。店主看见了,走过来对他俩说:"在这儿不能吃自己带的食品。"两位律师你看看我,我看看你,无奈地耸耸肩膀,然后把自己的三明治递给了对方。

什么叫微博?就是不好好博客;什么叫减肥?就是不好好吃饭;什么叫创新?就是不好好工作;什么叫淡定?就是不好好装蒜;什么叫砖家?就是不好好说话;什么叫深沉?就是不好好发呆;什么叫裸奔?就是不好好跑步;什么叫抄袭?就是不好好转发;什么叫爱情?就是不好好做朋友。

教师转行后可以干什么呢?可以当警察——因为整天在班里破案;可以当主持人——因为整天为公开课想游戏和花招;可以当演员——因为一会儿态度和蔼一会儿暴跳如雷;可以搞工艺美术——因为整天写黑板布置教室;可以当作家——因为总是写计划和教案;可以摆地摊——因为练出了高音和厚脸皮。

母亲:"孩子,你要哪一个苹果?"儿子:"妈妈,我要最大的那一个。"母亲:"你要做个有礼貌的孩子,就应该拿较小的一个。"儿子:"好吧,妈妈。不过,为了要有礼貌就得说谎吗?"

一个男子酒后开车把人撞了，撞完人之后他不去看被撞的人怎么样，而扭头跑向一个超市，买了瓶白酒一仰头就喝下去半瓶。然后回到车边上往地下一坐，等着警察。一会儿警察来了，看着他问："刚才喝酒了吧？"小伙子扬了扬手里的半瓶酒说："是喝了。开车第一回撞人，紧张，刚去超市买了瓶喝。"

高中的时候，一次下课，同学们都抢着到外面买盒饭。一女生为了比别人先到，绕了个近道走，结果前面井盖没盖好，掉了下去！一会儿她撑着井沿往上爬，很是狼狈，一群初中小孩惊骇地从旁边走过，她竟急中生智，一边爬一边说："哎！真难修啊……"

女孩转身离开后，他对着她的背影大声喊道："有种你一辈子都别回来找我！"许多年后这个人孤单地死掉了。据说他的临终遗言是："算你有种。"

等我找到了男朋友，我第一时间就是抽他两巴掌，我要问问，这些年你他妈的死哪里去了。

新来了一个挺漂亮的女同事。一男同事在她跟前咳了两声，她很温柔地说："感冒了？"同事有点兴奋："嗯，有点儿！"女同事："那你离我远点儿。"

"妈妈,我发现他很爱我。""你是怎么知道的?""每当他拥抱我的时候,我都听到他的心在怦怦跳。""傻女儿,要当心啊,当年你爹就是身藏一只怀表使我受骗的。"

劫匪成功劫持一辆押运车。回去后,一新来的劫匪说:"老大我们数一下抢了多少钱。"那老大说:"你傻呀!这么多要数到啥时候,今晚看新闻不就知道了吗。"新闻:"今日发生一起劫匪劫持高考试卷事件……"

一个小和尚问方丈:"师父,我念经的时候可以吸烟吗?"方丈怒道:"不行!"另一小和尚问:"师父,我吸烟的时候可以念经吗?"方丈:"当然可以!"

警察发现有辆车每跑10米就要上下颠簸一下。于是,他追上去截住那辆车:"您的车怎么啦?"司机满脸惶恐:"没,没什么,警察先生,我,我老打嗝。"

医院里一个大学教授跟医生描述症状："呃……嗯……就是那个物体跟它的像不能重叠在一起……"我们大眼儿瞪小眼儿了N久，大夫阿姨突然顿悟了："您是说看东西有重影儿吧？"……崇拜良久。

一哥们儿还没女朋友，我们问他要什么条件的，哥们儿说："这女孩得属猪。"我问他为什么，哥们儿说："我属猴，如果找个属猪的女孩，就像猪八戒和孙悟空，她肯定怕我。"

期中考试出了一道古汉语翻译题：逝者如斯夫，不舍昼夜……老师改完考卷，很严肃地对全班同学说："我们班有个人翻译写：'死去的那个人好像我的丈夫，白天晚上看起来都像'。"

甲："我一切洋葱，就辣眼，怪难受的，你有什么好办法吗？"乙："有，简单得很，你在水里切，就不辣眼啦。"过几天甲对乙说："你的办法真灵，就是麻烦点儿，切两刀，就得浮出水面换回气。"

某人上餐厅用餐，结果菜令他很不满意。对服务生说："你们的菜怎么这么难吃，叫经理来。"服务生："经理到路对面餐厅吃午饭还没回来。"

某天收到一条莫名其妙的信息:"我们还是分手吧,以后不要再联系了。"我猜是一个失恋的人发错了,出于好心我回了条:"你发错了,我不认识你。"片刻,收到另一条信息:"你够狠,这么快就装作不认识了,行,算我瞎了眼。"

"……你究竟看上我哪点了?我改还不行吗""我就是喜欢你不喜欢我,你改啊!"

一天,丈夫郁郁不乐地问妻子:"真糟糕,我的胡子愈来愈白了,头发还是黑的。这有多难看呀。你说,这是什么原因?"妻子想了想说:"那还不简单,你这一辈子嘴巴用得最多,脑袋用得最少。"

老外们在考汉语考试。看到他们的表情,比中国孩子考英语四六级要痛苦得多。据说有这样的听力题:"你的牙真好看!""哦,那是假的。""啊,真的假的?""真的。"问:"牙是真的还是假的?"

甲:"暗恋哪吒的女人是谁?"乙:"不知道,还有这事啊?"甲:"是王菲,因为她在《传奇》里面唱:'想你时,你在闹海……'"

老婆对着镜子哭诉:"我越来越肥,越来越老,越来越丑了!"随后,老婆对着老公撒娇:"老公,夸夸我,哄哄我呀!"老公想了想,说:"嗯,老婆,你的视力还是很好的!"

一位愤怒的母亲责备女儿道:"你这死丫头,才16岁就搞对象,整天不回家,连你母亲32岁生日你也不来!"

有一个神经病人天天在空鱼缸前钓鱼。有一次,护士开玩笑地说:"今天钓到几条啊?"神经病人愤怒地说:"你脑子有病啊,没看到这是空鱼缸啊!"

上班忽然肚子痛,跑去厕所,脱下裤子,刚蹦出一屁,发现手纸没带,于是只能穿上裤子跑出去拿纸了,然后隔壁坑一哥们儿,悠悠地来了一句:"这素质,放个屁还要来厕所放……"

人生就像饺子,岁月是皮,经历是馅。酸甜苦辣皆为滋味,毅力和信心正是饺子皮上的褶皱,人生中难免被狠狠挤一下,被开水煮一下,被人咬一下,倘若没有经历,硬装成熟,总会有露馅的时候。

一个小孩拿着一张假钱走进了玩具店，准备买一架玩具飞机。服务员阿姨说："小朋友，你的钱不是真的。"小孩反问道："阿姨，难道你的飞机是真的？"

有一个人去肯德基面试，经理问："你会打字吗？"答："不会。"经理问："你会跳舞吗？"答："不会。"经理问："那你会什么？"答："我会唱歌！"经理说："好！那你唱一个吧。"唱："更多选择更多欢笑就在麦当劳……"

你是书本我是包，你是耗子我是猫，你是木头我是胶，你是猪肉我是刀，我们关系这么好，今晚饭钱你来掏！

"大夫，我儿子一直喜欢玩沙子，又用沙子做甜食，又盖沙塔。您觉得他需要治疗一下吗？""这对于孩子而言是再正常不过的啊。""大夫，可是他的妻子吵着要离婚！"

生物课上老师提问："父母都不患这种遗传病，孩子却患病，那么最有可能发生了什么？"（标准答案是"基因突变"）后排阴暗角落里响起低沉却清晰的男声："外遇。"

小明为了向同学借电动玩具,竟跪下来求同学。小明的妈妈见状后立即拉起小明,说:"男子汉大丈夫怎么能为了玩具给别人跪下呢?""没关系。"小明笑着说道,"反正到时候他会跪下来求我还给他的。"

物理课上老师问某学生:"你知道什么是电阻,什么是电源吗?"学生回答道:"店主就是商店老板,店员就是商店的伙计。"

某一天,男人问女友:"如果我出轨了,你会怎么办啊?"女友答:"我会睁一只眼闭一只眼……"男人刚想感叹女友的宽容大度,女友就说话了:"然后瞄准,一枪打死你……"

一懒猫疯狂地追求一老鼠,终于结婚,婚后猫对老鼠百般呵护,老鼠很快变胖。老鼠很感动:"亲爱的,为什么对我这么好呀?"猫嘿嘿笑道:"等你再胖一点就知道了……"

本人独自在外租房住,昨天晚上10点洗完澡后,照例躺床上跟女友发信息,发完一条后太困,躺了会儿。醒来后发现已经12点了,手机上有好几条她发来的信息,无非是"怎么不回啊"、"睡着了吗"之类的,于是我脑子一短路,回了条信息过去:"他已经睡了……"结果女友手机今天到现在一直是关机状态……

妈妈叫皮皮起床："快点起来！公鸡都叫好几遍了！"皮皮说："公鸡叫和我有什么关系？我又不是母鸡！"

多亏我是个瘦子，无聊的时候可以数数排骨。多亏我是个瘦子，起床的时候可以数数排骨。多亏我是个瘦子，寂寞的时候可以数数排骨。多亏我是个瘦子，上课的时候可以数数排骨。多亏我是个瘦子，难过的时候可以数数排骨。多亏我是个瘦子，伤心的时候我可以数数排骨。

在大城市，很多上班族一般都是先乘坐公交车（Bus），到达最近的地铁（Metro），出了地铁以后再走一段（Walk），才到达目的地。这样的出行方式就叫做BMW，以此方式出行的人就叫做"BMW族"。我自豪，我是低碳的"BMW族"。

占一个摊位叫小贩，占一批摊位叫老板，占整个市场叫企业家。

杀一个人叫杀人犯，杀一万个人叫将军，杀一百万人叫领袖。

小金库一个人用叫贪污，一部分人用叫私分公款，全单位人用叫集体福利。

乡下人往城里跑叫进城，城里人往乡下跑叫旅游，领导往哪跑都叫视察。

昨天收到一条QQ请求加好友的信息："我是你妈。"我当即回了句："我是你爹！"给拒绝了，然后就接到我妈电话说："加我，快！"

我的志愿是做一个校长，每天收了学生的学费之后就去吃火锅。今天吃麻辣火锅，明天吃酸菜鱼火锅，后天吃猪骨头火锅，老师直夸我："麦兜，你终于找到生命的真谛了。"

楼主："我把我家的狗给揍了！地震它也不告诉我，平时叫得那么欢，刚才地震时竟像没事似的在窝里睡觉！"

回复："唉，毕竟不是亲生的……"

生物课上，老师问："如何才能正确分辨章鱼的手和脚？"学生答："放个屁给它闻，会捂住鼻子的就是手，其他的就是脚。"全班皆倒。

男:"亲爱的,咱们结婚吧?"女:"结婚可以,不过你农庄里的菜得让我想偷就偷!"男沉思半天,毅然决然地摇头:"想偷我的菜,没门!"

苹果CEO库克清明节晚上做了个梦。梦见了乔布斯。乔帮主一脸惨兮兮地说:"小克克,你现在在中国吧?赶紧告诉那些卖清明纸iPhone的人,阴间突然多了成千上万的iPhone,每个人都来找我越狱!老子不会越狱啊!"

一天李老太听人说她在外地的老头感情不专一,立即写信一封,信纸上只有一个"怂"字。没几天,她便收到老头的回信,信上只写了一个"您"字。见到回信,李老太心头一块石头落了地!原来这是两封有趣的谜语信。去信"怂"的谜底是"你心上有两个人吗?"回信"您"的谜底是"我的心上只有你!"

小学三年级时,老师让用"爱"造句,一孩子写的是:"我爱我的孩子。"老师后面评语:"你考虑得很长远啊!"

巴布洛因为骂邻居是猪,法官要罚他50元。"法官先生,上次我同样骂他是猪,只罚了我30元。""很遗憾,我无能为力,因为猪肉涨价了。"

上小学时学校平整操场,号召学生们每人最少捐三块砖。结果,附近工地上刚运来的一卡车砖一夜之间全没了。

某家酸奶公司在酸奶饮料广告上这样写道:"甜而酸的酸奶有初恋的味道。"新闻记者问:"如果小孩子问什么是初恋的味道时,怎么办?"经理马上回答说:"没啥,回答说初恋的味道就是酸奶的味道就行了。"

父亲:"凡是来了客人,我叫你拿烟时,拿与不拿,你要听准我的话。"儿子:"我不懂您的意思。"父亲:"比如说,以后来了客人,我说'拿烟来',你就真拿;我说'拿烟去',你就一去别回来了。"

公园的草坪上插着一块牌子,上面写着:"禁踩草坪,违规者罚款一元。"一位经常路过的人发现,与以前相比,牌子上写的罚款变少了,于是问公园里的服务人员:"为什么罚款降低了呢?以前不是罚款五元吗?"服务人员:"五块没人踩。"

一位理科教师被分配到一个偏远的山村学校工作。第一堂课,他给学生讲了什么是现代科学以及它如何促进人类的进步。他还谈到宇宙飞船以及人类如何登上月球等。下课后,他问学生有什么疑问。"老师,"一位学生问道,"我们村什么时候能通公共汽车?"

今天跟同学吃火锅，吃完我第一个出来，等人的工夫，我对着一辆越野车的黑色玻璃剔牙、涂润唇膏，正在整理头发时，车窗摇了下来，车上男子探头对我说："小妹，照完没？我们要开车了！"我……

70岁的大妈开车，交警把她拦下来说："大妈，你开这么慢，会影响交通的。"大妈说："那个招牌不是写20吗？"交警说："那是20路公交车！"大妈说："喔……不是限速啊！"交警说："咦？你后面三个大妈脸色怎么这么难看啊？！"大妈回答："我们刚刚从245路公交车开过来呀！"

领导生病，且咳得严重，听了某某某的话，弄了点明参泡水喝。喝后感觉严重不适，怀疑对明参过敏。告诉我："要是我晕倒，到时救护车来了，记得告诉医生……" 我马上接到："他有社保。" 领导："记得告诉医生，我就只是喝了点明参。"

俩屎壳螂讨论福利彩票，甲屎壳螂："我要中了大奖就把方圆50里的厕所都买下来，每天吃个够！"乙屎壳螂："你丫太俗了！我要是中了大奖就包一活人，每天吃新鲜的！"

老师:"你为什么迟到?"学生:"我本来要去钓鱼。但是爸爸不许我去,我哭了,所以来晚了。""你爸爸做得很对,关于你为什么应该上学,不应该去钓鱼,爸爸一定对你解释清楚了吧?""对,爸爸解释过,他说蚯蚓太少,要是两个人去钓就不够了……"

儿子正睡觉,突然手摸我胸,冒出一句:"小娘们儿,我回来了。"瞬间石化,三根黑线从头顶挂到脚面。悄悄告诉老公:"不要看那些乱七八糟的电视。"老公笑疯了,说:"什么呀,那是《喜羊羊和灰太狼》里灰太狼的台词:'小羊们,我回来了!'"

胖虎、小夫、静香,我放弃一切,和哆啦A梦私奔了。感谢胖虎一直欺负我、小夫一直向我炫耀,让我和阿梦患难见真情;对不起静香,我的心里只能装下阿梦一个人。没法和大家解释,故不告而别。叩请宽恕!私奔装备:铜锣烧、飞行器、万能口袋。我们都在微博私奔,你也来奔不?

一朋友,卖衣服的。她有一次在衣服兜里塞进20块钱,装不知道,又把衣服价格提高40块,结果顾客贪小便宜,直接就买了。

妻问:"你公司的那个秘书工作几年了?"
夫答:"四五年了吧。"
又问:"她有多大了?"
答:"有三十几了吧,具体没问过。"
再问:"她漂亮吗?"
答:"一般般吧,过得去。"
追问:"穿衣服怎么样?"
夫脱口而出:"挺快的……"

昨天晚上,在奶奶家吃晚饭。吃过后爷爷突然戴着老花镜,过来问我:"ML是什么意思?"暴汗!爷爷在看啥呢?难道是像《人之初》之类的杂志?这种问题我怎么回答!等我扭头一看才发现,原来爷爷是拿着啤酒瓶子,我恍然大悟:"爷爷,那是毫升啊!"

去姐家蹭饭,蒸螃蟹,姐夫夹了一个给我。4岁的小外甥女:"爸爸你吃。""爸爸不吃,留给小姨和宝宝吃。"小外甥女:"爸爸你不能这样,你要对自己好一点,你天天跟牛似的还不吃饭,你累死了,会有别的叔叔花你的钱,住你的房子,睡你的老婆,打你的宝宝的!吃!赶紧吃!"

一对居住在郊外的夫妇在深秋时收到一个朋友送的一百株郁金香的花苗。太太一直催丈夫去种，可是他总是拖延。最后太太绝望了，就自己去种。当时丈夫很高兴——可是等到春天花开时，他看到鲜艳的花朵排列成"老公真懒"！

成绩不好，班主任家访。父母都不在家，只有爷爷在家。班主任到我家后就相当地不淡定了，毕恭毕敬地坐在沙发上，表情相当尴尬。这时候我爷爷冒出来一句："赵X（班主任名字），你这是寻衅报复吗？！"原来班主任是我爷爷当年班里的学生，而且是最皮的一个，给我爷爷不知道修理了多少次。

一位漂亮姑娘准备考律师证，整天苦读，一个男同事看见了，逗她说："律师行业竞争很激烈，你这么漂亮，不如找个好老公算了。"姑娘白了他一眼，叹气道："唉，你不知道，那个行业竞争更激烈！"

同学过生日，叫大家一起出来玩，过生日的同学的妈妈也在。中午大家在肯德基吃，排队点餐。她妈站在前边，大家都围在旁边。到她妈了，她妈很淡定地和服务员说："给我来一只肯德基……"群众笑翻……她妈茫然。

为考英语四级,大家都赶紧拼命学英语,一些笔记都不得不在其他专业课上做。某日,历史老师发现台下一学生正忙得不亦乐乎,心中诧异,遂走下讲台,悄悄站到他身边查看。该生忙了一阵,觉得气氛不对,猛抬头,见老师正笑嘻嘻地对他说:"你觉得用英语做笔记比用汉语记得快?"

有一位老太太在下公交车的时候,被一名小偷从后面扯下了她脖子上的金链子。那小偷得逞后立刻跑走,老太太这时候说:"哎呀,假的都有人偷啊。"小偷听到后,骂了一句,然后就把金链子丢了。老太太等小偷跑远后,立刻把金链子捡回,说:"老娘还会戴假货吗,小兔崽子。"

表哥说在淘宝网上卖电话卡被骗了,我问为什么被骗,他说买家没付款就帮人家充了,而且一次性买了好多。我就说那你要看他是不是已经付款了再充啊,这都不会啊?他说,人家买家的名字就叫"买家已付款"。看完有打算改淘宝名字的童鞋请自行转播。

中考扑在高考怀里哭泣:"为什么他们不重视我!"高考轻轻抚摸着中考的后背,宠溺地看着他道:"三年后我会让他们为此付出代价!"

被猫赶进死胡同的老鼠急中生智,面对着猫突然摇摇晃晃,口中念道:"哎哟!困死我啦!"猫对老鼠的举动非常惊讶,便问:"怎么了?"老鼠恳求道:"我肯定是吃了老鼠药,我难受死了,快把我吃了吧!"

孔子、孟子、老子三人同时在猪圈睡了一夜之后,发现母猪怀孕了,经DNA检验证明,肯定不是孔子干的,也不是孟子干的,请问:那是谁干的?

两个男女同桌,男的对别人说:"我同桌是猪!"他同桌听了,踢了他一脚,说:"你同桌才是猪!"

某日在人才市场晃悠时,只见一小伙快速从我身边冲过,闯进前面的一个招聘摊位,抓住其中一个招聘人员的衣领,用力地把他扯离座位并抵在墙上。我们大家看见这一幕都愣了,没等我们回过神来,就听见那小伙咆哮道:"你们先面试,完了又复试,复试完了再笔试,到最后说只要女的,你们玩我是不是?"

突然发现情人节和清明节其实是一样的,又要送花又要送吃的,还要说一大堆哄鬼的话……

好好的一手字,让键盘废了;好好的电视剧,让广告废了;好好的广告,让脑白金废了;好好的羊肉,让瘦肉精废了;好好的英雄,让美人废了;好好的女孩,让大款废了;好好的帅哥,让富婆废了;好好的干部,让人民币废了;好好的医德,让医药代表废了;好好的人生,让股票废了……

老师问:"我们点名回答问题好不好?"学生齐道:"不好。"于是老师问女生:"提问男生好不好?""好。"又问男生:"提问女生好不好?""好。""这不都同意嘛!"

不着调的爆笑笑话

两个男生去食堂吃饭，不幸旁边坐着一对情侣，卿卿我我，还相互喂饭。两哥们儿实在有点呆不下去了，但是他们什么也没有说。不久，那对情侣自己主动离开了，原来，那两位老哥也开始你一口我一口地相互喂饭了……

老师叫一个上课睡觉的男生回答问题，该男生没有回答出来。正在窘迫时，后边的女孩悄悄地告诉他答案，但是声音大了点，让老师听见了。于是老师说："我知道每个成功的男人背后都有个默默无闻的女人，不过现在好像早了点吧？"众人哗然。

"睡不着，我们聊点沉重的话题吧，比如你的体重！""噢！这也太沉重了，不太好，聊点肤浅的吧，比如你的智商！""幸亏你是在肉价上涨前重了，你升值空间大大的哦！晚安。"

一个女人问一个男人："你知道世上什么东西最坚强吗？" 男的回："不知道。"那女人说："你的胡子。" 男人问："为什么呢？" "因为你的脸皮这么厚，它还能破皮而出……"

女同事："读条短信给你们听：'我已经把孩子打掉了，从此我们各走各的路！'" 男同事："发给我发给我，拿去整人，省得我自己写了！"少顷，男："你发了没有啊？"女："发了啊！"男："怎么没响？……哎呀！坏了，手机落在床头柜上没拿！老婆今天在家呢。"单位同事纷纷打赌他明天会不会来上班……

昨晚打电话给老爸老妈，说："今天要带漂亮女友回家给两老人家过过目。"结果今早女友突然要出差，跑省外去了，不得已，一个人提包回家，路上遇到表妹，所以和她一起回我家吃饭。刚进门，老爷子一个杯子飞过来，大喊："你这畜生！""老爸，你听我解释……"

妈妈教导女儿说："选择丈夫是一辈子的大事，要多长几个心眼。你看你爸，什么都会修，衣柜、电器、水龙头都是自己修，连汽车坏了，他也能自己修……"女儿打断道："我明白了。""明白什么啊，如果你也找个像你爸这样的丈夫，你一辈子也别想用上新东西！"

公交车上一年轻的妈妈给宝宝喂奶,宝宝吃得不老实,年轻的妈妈生气地说孩子:"吃不吃?不吃我给旁边的叔叔吃了!"一连说了几次。过了一会儿,坐旁边的叔叔实在忍不住了:"我的小少爷,吃不吃给个准信儿,叔叔都坐过两站了!"

熄灯后,和寝室几个妹子聊星座。我疑惑地问了句:"为什么只有处女座,没有处男座?"然后上铺彪悍地回答:"怎么没有,只不过人家后来改名了,叫做射手座……"

狼刚失恋,觅食时路过一间小屋,听到一男人教训自己的孩子:"再哭,就把你扔出去喂狼。"小孩在屋里哭了一夜,狼在外面守了一夜,早上起来,狼哽咽地说:"男人,男人都是骗子!"

同桌感冒流鼻涕,但他忘记带手帕了,就不断把鼻涕用力吸入鼻子里。在黑板上写字的语文老师突然转过身来大嚷:"够了!给我停止!吵死了!"全班一片安静。老师又说:"到底是谁上课时偷吃面条还这么大声?"

班上有个男的娘娘腔，有次上自习的时候有人笑他娘。他忍不住火了，桌子一拍站起来对那个人吼道："你要再说我娘娘腔，小心老娘我跟你翻脸！"

这是一通宠物食品的电话市场调查，接电话的是一个小朋友。市调员："小朋友，你家里有没有养小狗、小猫、小兔子或是小鸟？"小孩："没有，我妈妈都没有生。"市调员："……"

从前有只羊，每天得干8个小时的活。一天，主人告诉它，多干活有奖励，于是它每天干10个小时。接下来，主人每月把它身上的羊毛剪下三分之一。年底到了，主人给它织了件毛衣，然后告诉它："诺，这是你的奖励，恭喜你，明年继续努力吧！"羊很生气，把它的故事写成童话，起了个名字叫《绩效工资》。

高三时有一次在宿舍里斗地主，突然教导主任查寝，被发现，于是被带到办公室里严加审问："给我个理由，我可以考虑不给你们记过。""主任，是我们不对，我们没把精力放在学习上，想用这种妖术来推测今年高考的运势如何……"

爸爸对女儿讲他小时候家境贫寒，受尽了苦难的故事。女儿听完后，两眼含泪，十分同情地对爸爸说："哦，爸爸，你是因为没有饭吃才到我们家来的吧？"

两个美女在电梯里谈论什么化妆品的美白效果最好。与此同时，还有一个黑人男子在旁边就这样默默地听着。突然黑人男子对两个美女说道："没用的！我试过了，都没用的！"

毛巾厂厂长接到一个电话："你们生产的毛巾上印的喜鹊图案，真是栩栩如生啊！"厂长高兴地说："太感谢了！你的夸奖何以见得呢？""我用毛巾一擦脸，喜鹊马上就飞到我的脸上了。"

这是一孩子为数学考试写的词，名曰《江城子·葛军传奇》：拿到试卷透心凉，一紧张，公式忘，似曾相识，解法却不详，向量几何两茫茫，看数列，泪千行。两小时后出考场，见同窗，共悲伤，如此成绩无脸见爹娘，待到老师发卷日，去坟场，饮砒霜。

在银行，一个客户在填开户申请表，保安提醒客户填错了，客户怒目而视，保安愤愤地走开了。我非常好奇地接过客户申请表，证件类型一栏赫然写着"长方形"……

有一学生成绩很差。考试前,妈妈就带他到孔庙去求孔夫子保佑。几天过后,成绩发下来了,其他成绩还行,唯有英语不及格。妈妈若有所悟地说:"这也难怪,孔夫子不懂英语,下次我再去求求上帝保佑就好了。"

我们的数学老师貌似很是怜香惜玉。有次上课,一男生迟到了,老师就让他做一百个俯卧撑,过了一会儿,一女生也迟到了,但是老师却说:"刚罚他做一百个俯卧撑,你去数着去。"全班顿时凌乱。

风趣雷人的年轻人

在路边等人，一银色奔驰忽停我身旁。

车窗摇下来，是一水灵灵的大姑娘，微笑问我："是张先生吗？"

我稍一迟疑，随即坚毅地回答："我可以是！"

邻居对一个女人说："你又要去听音乐会吗？今天演奏的仍是昨天的节目呀！"

女人："我知道，但是，今天我要穿的不是昨天那一件连衣裙。"

有位老先生到图书馆借书,恰巧他要借的书一个女孩正在借。

老先生赶上去,道:"打扰了,这本书能先借我看吗,我有急用,留下你的电话,我看完了给你送过去!"

女孩说:"拜托,老先生!你这一套早过时了,还想要我的电话!哼!"

女孩说完扭头走了,老先生却一脸茫然……

男孩陪女友逛商品一条街,忽然,女友悄悄告诉男孩:"你看前面那人。"

男孩一看,前面那男子正对着这边挤眉弄眼,顿时火从心中起,恶向胆边生,冲向前揍那男子。

巡警路过看到,把他们拉开,问什么情况,那男子抱怨:"什么世道,小虫子飞进眼睛,就招来拳头。"

那年夏天我总感到自己头昏眼花,浑身没劲。我到了医院,大夫龙飞凤舞很快开好了药方。我算了药价,竟有三百多元。取药的大夫叮嘱我说:"这药白天每隔两个小时吃一次,每次吃三片,一共是两周的药。"我还从没见过这样吃法的药,忙问他:"大夫,我到底得了什么病,这药到底治什么病?"那位大夫就很实在地告诉我:"其实这药什么病都不治,你现在最需要的只是多喝水。"

凌晨，宝宝醒了一直哭，搞得家人都睡不着。老公让老婆唱摇篮曲哄孩子。老婆无奈，只能唱了。过了不久，邻居过来了说："你还是让孩子哭吧。"

服务员："二位，请问是喝茶还是喝咖啡？"
A："咖啡。"B："我也一样，注意把杯子弄干净点儿。"
服务员："好的，二位稍候。"（片刻后，服务员返回）
服务员："嗯，对不起，请问刚才哪位要干净杯子？"

女友在财务科工作。圣诞节那天，我发短信给她："祝你财源滚滚，数钱数到手抽筋！"一会儿，女友回复说："闭上你的臭嘴！点钞机坏了，TMD我正在数钱！"

大一正在进行一次消防演习，我们宿舍被挑做火灾中的被困人员。演习开始，校领导和辅导员在楼下组织演习，宿舍里的人在楼上挥舞着袜子喊道："大爷，上来玩啊……"

一胖子称体重，站上去后吸肚子。路人问："你以为你吸了肚子就变轻了啊？"胖子答："不是啊！我不吸肚子看不到屏幕啊！"

小时候，爸爸妈妈说完脏话就会说那是英语。我永远也不能忘记第一天上学的时候老师问谁会讲英语呀。

我学的是神圣的知识，你居然拿分数来衡量，这简直是对学术的玷污！

男人："我老婆失踪了，请帮助寻找一下吧！"警察："她有什么特征？"男人："个不高挺胖，有些秃顶，鼻子特别大。"警察："那你还找她干吗？"

某大学BBS上出了一个贴子。征女友：条件一：性别女。条件二：会拌土豆丝。如果条件二满足得特别好，条件一可以适当放宽。

"我们将在明晚举行婚礼，希望老朋友能光临，到我们门口请用脑门按下电铃。"

"为什么得用脑门呢？"

"我们怕您的手腾不出空来呀。"

妈妈正在打扫卫生，儿子走过去对妈妈说："妈妈，你看！"

儿子边说边伸出手指，妈妈想要吓跑他，于是就把儿子的手指一口咬在嘴里说："我要咬掉你的手指！"

儿子迅速把手指从妈妈的嘴里拔出来，仔细看地了看说："哎？妈妈，我的鼻屎呢？"

一日在食堂吃午饭，经理无意中问起："小李啊，来公司这么久了感觉怎么样啊，有什么收获没有？"

小李想了想说道："刚来公司的时候吧，我是屁都不懂。"

经理又问道："那现在怎么样了呢？"

小李很认真地说道："现在懂个屁……"

我一哥们儿在微博上用一个小号发了一条微博："胸部大的女生都是白痴，因为末梢神经坏死，把上边儿憋大了。"然后再用大号关注所有在评论骂他的女生。

取行李的时候，看到一条警犬，搜到一件行李。警官严肃地问行李的主人："里面是什么东西！"

小姑娘尴尬地说："里面有狗粮。"

这回轮到警官尴尬了。

儿子问："为什么只能说儿子像爸爸，不说爸爸像儿子？"

爸爸说："我问你，是先有爸爸还是先有儿子？"

"当然是先有儿子，后有爸爸。"儿子理直气壮地说，"在妈妈生了我以后，你才成了爸爸的！"

今天天气很好，在房间里宅久了，准备去客厅散散心。

空有一颗学习的心，偏偏生了一条挂科的命；空有一颗减肥的心，偏偏生了一条吃货的命。横批：身不由己！

世界上的一切问题，都能用"关你屁事"和"关我屁事"来回答。突然感觉屁好忙。

聪明的男人会把他的女人宠得无法无天，让别的男人都受不了她的臭脾气；愚蠢的男人会用他的臭脾气把他的女人变得见到任何一个献殷勤的男人都有相见恨晚的感觉。

"我有个朋友在山上被五步蛇咬了一口，听说走五步就会死了，怎么办啊，急死人了，现在都走了四步了，我们又各自抓了几条五步蛇又咬了他几口，估计应该累积到一百步左右了，可是我们接下来要怎么办？"

中国一留学生在国外的高速公路，不料出车祸了，连人带车翻下悬崖，美国交警救援队赶到后向下喊话道："How are you？"留学生答："I'm fine, thank you！"然后交警就走了……

班主任发现班里有两个小朋友在早恋。她懒得请家长，也懒得教育，直接让两个小孩分别与班里最漂亮的萝莉和班里最帅的正太坐同桌。一周后，这对小情侣就在猜忌和嫉妒中结束了早恋。

小燕子的蝴蝶效应

小燕子等人为救香妃出宫，谎称其变成蝴蝶飞走，乾隆得知真相后大怒，将众人逐出皇宫。原本应继承皇位的永琪流落大理，皇位传给了资质平庸的永琰，自此清朝由极盛转为衰败。这，就是蝴蝶效应。

俄罗斯大选是有规律可循的：列宁没头发，斯大林有头发，赫鲁晓夫没头发，勃列日涅夫有头发，戈尔巴乔夫没头发，叶利钦有头发，普京没头发，梅德韦杰夫有头发，普京没头发，梅德韦杰夫有头发，普京没头发，梅德韦杰夫有头发，普京没头发……

《周易》专业最牛的一次课：老师拿着个罗盘进了教室走了一圈，说道："今日不宜上课"，然后就走了……

古时有一小国,因战事频频导致国库不支。皇帝慌忙叫来朝中一个大臣,命其将自己家产充公,以做军费。大臣不愿却也不敢抗命,只怯怯地问了一句:"朝中大臣那么多,为何是我?"皇帝走到他的面前,拍拍他的肩膀说:"因为爱卿,不会轻易悲伤……"

公车上,一哥们儿在玩切水果游戏,突然他把游戏暂停,手上可能因为有汗在衣服上蹭来蹭去的。我问:"哥们儿,你干吗呢?"他抬起头举着手幽幽地说:"磨刀。"

前段期末复习的时候,一同学去找老师划重点,老师说:"你学医的划什么重点,难道病人找你看病,你给他说你的病不是重点,你回家长个重点再来看?"学医的伤不起啊。

丈夫又惹妻子生气了,妻子唠叨着:"在这个世界上,让我爱又让我恨的就是你!"丈夫连忙笑道:"不对吧,我不过名列第三。"妻子被弄糊涂了:"名列第三?还有谁?"丈夫道:"还有镜子和体重秤。"

生命必须要有裂缝

生命必须要有裂缝,阳光才能照射进来。

所谓糊涂:孔子发现了,取名中庸;老子发现了,取名无为;庄子发现了,取名逍遥;墨子发现了,取名非攻;板桥发现了,取名糊涂;当代精英发现了,取名和谐。糊涂之难得,在于明白太难。和谐之难得,在于实现太难。所以,有一种明白叫糊涂,有一种糊涂叫明白。

人人都会错过,你错过的人和事,别人才有机会遇见;别人错过了,你才有机会拥有。

人总是在年轻的时候相信许多假东西，年纪大了又开始怀疑许多真东西。

生活就像骑自行车，只有不断前进，才能保持平衡。

温柔要有，但不是妥协。我们要在安静中，不慌不忙地刚强。

世界上只有两种可以称之为浪漫的情感：一种叫相濡以沫，另一种叫相忘于江湖。我们要做的是争取和最爱的人相濡以沫，和次爱的人相忘于江湖。也许不是不曾心动，不是没有可能，只是有缘无分，情深缘浅，我们爱在不对的时间。

有没有人像我一样，明明很心疼妈妈，却总是跟她吵架。

有一种默契叫做：我不理你，你就不理我。

只为多看你一眼

某学院在搞三行情诗大赛,看完这首作品我崩溃了:"四年里/每天半夜从上铺下来上厕所/只为多看你一眼"

那些年我们追过的女孩听说现在还没结婚,而那些年没人问津的女孩现在孩子已经会打酱油了。

甲:"姐,如果有人伤害你,你多久会原谅他?"乙:"原谅他是上帝的事,我的任务是送他去见上帝……"

去超市买东西,看到售货大叔一个人玩麻将,好奇,问他:"玩什么呢?"大叔一脸云淡风轻,轻描淡写道:"连连看……"

朋友的儿子，5岁，那天不好好学习，被朋友修理了，他儿子自言自语地说："这世上有几种笨鸟，一种是先飞，一种是不飞，还有一种是下个蛋，把希望寄托在下一代。"然后他儿子的头上就多了一个包。

A："为什么你每次都是打- -"而不是打= ="？"
B："因为我是单眼皮……"
A："那么一单一双是不是要打- ="？ 假睫毛就是 山_山？美瞳前就是._.？美瞳后就是 ◎_◎？ 还有卸妆前是 O_O？卸妆后是 o_o？

时间就像卷笔刀，我们都是笔。有的人被卷啊卷，笔芯就断了；有的人头就尖了；有的人花边很漂亮。这都不重要，重要的是社会地位最高的是一种叫2B的笔，只有他们能做选择题……

对于没有安全感的人来说，穿上没有口袋的衣服，手都不知道放哪里。

话说现在很多人都把"子"说成"纸"，一女同学经常这样卖萌，于是有一天，该女感冒后在图书馆看书，纸巾用完了，发短信给室友，说："过来的时候带两包纸。"不一会儿室友过来了，手里拿着两个包子。

我有一个梦想:一张试卷只有5个填空题,学校____科目____班级____姓名____学号____。每空20分。

你用什么化妆品

网聊甚欢，相互交换照片后。

A："你用什么化妆品？"

B："Photoshop！"

A："什么？"

B："Photoshop啊！"

A："……"

在一个非常寒冷的早晨，我与朋友去提款机取钱，正好遇见运钞车来加钞。无奈之下两人只好站在一旁苦苦等候，这时朋友问我："冻手不？"

我冷冷地回一句："冻手！"

结果我俩差点悲剧，四杆枪瞬间指向我俩。我们被抓送派出所，在路上我们一直沉默，后来我问朋友："你怎么不开腔呢？"

结果，八杆枪瞬间指向……

女:"一天中最幸福的时刻就是下班后你骑自行车载着我到街角那边吃卤肉饭。"男:"说实话。"女:"你骑自行车载我去吃卤肉饭。"男:"说实话。"女:"卤肉饭……"

一周七天英语怎么说——星期一"忙day",星期二"求死day",星期三"未死day",星期四"受死day",星期五"福来day",星期六"洒脱day",星期天"伤day"。

女儿让我看她小时候的日记,上面写:"考试没考好,爸爸对我说:'孩子,成绩不重要,你才重要,考多少都没关系,重要的是你要开心,要快乐……'"看到这儿,被自己感动了,再翻一页:"然后我妈妈回来了,俩人合伙把我揍了一顿……"最后是触目惊心的四个大字:"这俩骗子!"

一女孩和老爸去逛商场。女孩看上一套八百多的衣服。老爸说:"喜欢哪种颜色,就都买。"最后买了三套。刷卡,出门,听见一售货MM弱弱的声音传来:"这二奶真丑。"

一个足球迷兴致勃勃地对女朋友吹嘘说:"对足球,就要像对情人一样,要有缠的功夫。一双脚要能像牛皮糖一样粘在足球上,那就绝了。"女朋友:"然后,一脚踢开,那才真叫绝呢!"

超有笑果的另类视角

1.

俄罗斯方块告诉我们：犯下的错误会积累，获得的成功会消失。

植物大战僵尸告诉我们：须常调整状态，方能应付不同挑战。

愤怒的小鸟告诉我们：有时沉下身心，是为了飞得更高。

跑跑卡丁车告诉我们：永远别觉得时间还多，可以浪费。

2.

古人的雷语：

夸父："干我们这一行风吹日晒，用了点大宝，嘿，还真对得起咱这张脸！"

东施："长得丑不是我的错，但出来吓唬小动物确实是我的不对，我向掉下来的小鸟和淹死的小鱼道歉！"

范蠡："西施是属于夫差的，也是属于我范蠡的，但最终还是属于我范蠡的，我范蠡，就像早晨八九点钟的太阳……"

董承:"衣带诏……我说我不签,你们非让我签……"

3.
把女朋友IPO成老婆的风险。
(1)不停地增发,你的资产被逐步稀释;
(2)招股说明书开始露陷,越来越多的缺点被公开;
(3)上市的同时收进了大量不良资产,娘家的姨妈姑姐、叔伯兄弟你都要出钱照顾;
(4)粉饰财务报告,其实她并没有那么漂亮,是粉饰的结果;
(5)借壳上市往往也就生个孩子。

4.
iPhone就像跑车,样子时髦速度快,就是耗油有点大;
Android就像改装车,满足你各种DIY,但是万一哪次没Y好就挂了;
Windows Phone就像新能源车,一直活在神话中,用的人少;
诺基亚就像老卡车,开车的司机见谁都说:"我这车,皮实!"
山寨机就像三轮车,开它的人自个儿真把它当汽车。

5.
武松过酒庄,三碗不过岗。小二劝不住,连喝十八缸。执意过岗去,掌柜心慌慌。途中遇白虎,血盆大口张。无耐退三步,两眼泪汪汪。手无寸兵器,四周没人帮。冲虎大声喊:我爸是李刚。老虎方寸乱,落逃撞树亡。

男人最大的时尚

我觉得男人最大的时尚就是多在家待一待。

过去再优美,我们不能住进去;未来再艰险,我们只能走过去!

人总是在接近幸福时倍感幸福,在幸福进行时却患得患失。

你能找一个理由让自己伤心,也能找一个理由让自己快乐。

只要你还活着,你就没有理由逃避问题,你也有机会找到解决问题的方法。

时刻都在心里认为自己是一个优秀的人,那么你做的事情也会因此而优秀。

感谢我的双眼,再小、再眯,我也能看见日出、日落,花开、花谢。

感谢我的身材,即使臃肿,我也能到世界各地去旅游。

平衡是一件看起来很好实际却是一种逃避的行为,因为对错无法平衡,是非也无法平衡,爱憎更是无法平衡,我们唯一能做的平衡只有身心的平衡。

肯德基爱上麦当劳——生活里的那些搞笑事

一老师说,《裸婚时代》的那句"我没车,没钱,没房,没钻戒,但我有一颗陪你到老的心"其不靠谱程度类似于"虽然我没看书,没上课,没复习,没做题,但我有一颗不挂科的心"。对于爱情最大的误解,在于以为它是万能的。

小狗对小猫说:"你猜猜我的口袋里有几块糖?"小猫说:"猜对了你给我吃吗?"小狗点点头:"嗯,猜对了两块都给你!"小猫咽了咽口水说:"我猜五块!"然后,小狗笑着把糖放到小猫手里,说:"我还欠你三块。"——这不是低智商的笑话,而是,因为爱你,所以允许了你的小贪心。

有时候，面对身边的人，突然说不出话。有时候，一直坚持的东西，一夜间面目全非。有时候，想放纵自己，痛痛快快歇斯底里发一次疯。有时候，觉得自己拥有整个世界，一瞬间又觉得一无所有。有时候，梦想很多，却力不从心。有时候，发现自己一夜之间长大，却看不到自己的未来。有时候，突然觉得好累……

开始相爱不是因为找到了一个完美的人，而是因为学会了完美地看待一个不完美的人。

肯德基爷爷对麦当劳叔叔说：我能想到最浪漫的事，就是永远出现在你周围300米范围内，默默地注视着你，然后把自己的鸡翅卖得比你贵一块钱……

真正的爱情，不是一见钟情，而是日久生情；真正的缘分，不是上天的安排，而是你的主动；真正的自卑，不是你不优秀，而是你把她想得太优秀；真正的关心，不是你认为好的就要求她改变，而是她的改变你是第一个发现的；真正的矛盾，不是她不理解你，而是你不会宽容她。

和聪明人坦诚相见

面对聪明人，如果你不能确定比他还聪明，那么，坦诚相见才是解决问题的最好途径。

心理学研究发现，人们在照镜子时大脑会自动进行脑补，所以照镜子时看到的并不是真实长相，大概比真实长相好看30%。这就是为什么很多人照相时感觉不像的原因……

要学会经营自己的生活，不是天天混日子，也不是天天熬日子，而是天天享受日子。心境简单了，就有心思经营生活；生活简单了，就有时间享受人生。活得简单不难，只需懂得生活真谛：为美好而生，为快乐而活，为幸福而做。多一分快乐，少一分忧伤；多一分真实，少一分虚伪；多一分悠闲，少一分忙乱。

拍卖时，同一古董有人估50万，有人估500万，价格最终是由头脑最发热的人决定的。同理，股市底部时，流动性萎缩，任何抛盘都能打压股价，因此，股价能跌多深往往是由最恐慌的人决定的。市场的极端价格常常是由最大的傻瓜决定的，所以股价总是在上涨时超涨，下跌时超跌。

要想走进一个女人的心里，光有喜欢和爱是不够的，你必须要懂她：要懂她逞强里的柔弱，给她精神上的支撑；要懂她快乐里的忧伤，给她心灵上的呵护；要懂她的蛮横不讲理，准确回应她眼中的期盼；要懂她心路走向何方，和她风雨中一起走……她的要求其实也不多，她只是想找一个完全懂她的爱人。

人应该掌控自己的欲望，而不是被欲望所掌控。追求舒适、追求享受是人的本能，但也要有所节制。不管穿什么鞋子，合脚才是最重要的。欲望就像水一样，适当就好，多了就会泛滥成灾。我们之所以活得累，往往就是因为把欲望误认为需要，使自己疲于奔命，越陷越深。

当一只玻璃杯中装满牛奶的时候，人们会说"这是牛奶"；当改装菜油的时候，人们会说"这是菜油"。只有当杯子空置时，人们才看到杯子，说"这是一只杯子"。同样，当我们心中装满成见、财富、权势的时候，就已经不是自己了；人往往热衷拥有很多，却往往难以真正地拥有自己。

爱的最高境界是什么？不是什么你死我活，而是习惯。一个女人习惯了一个男人的鼾声，从不适应到习惯再到没有他的鼾声就睡不着觉，这就是爱；一个男人习惯了一个女人的任性、撒娇，甚至无理取闹、无事生非，这就是爱；一个人会为了另一个人去改变、去迁就，这就是爱。对爱人，迁就多少，就爱了多少。

吹蜡烛时假牙掉在了生日蛋糕上

和同事唱完K后,大家说去蹦迪,我没有去过,于是一起去了。到大厅后,自己不太想进去蹦,被女同事拉进去了,那也只能乱跳起来了。这时旁边一个妹妹看着我,我还以为自己跳得不错,可是同事一句话把我蹦醒了,她说:"你在做广播体操啊。"

冬天下雪,我们班的同学在一起打雪仗。忽然发现一哥们儿对我们班第一名狂砸,边砸边吼:"叫你考第一,叫你考第一!看我不砸傻你。"

昨天我过生日,一大帮朋友一起,点蜡烛许愿后,吹蜡烛的时候一个力度没掌握好把假门牙吹掉了,掉在了蛋糕上……

去见心仪已久的女网友,她说想吃我亲手做的菜,于是我们一起去超市买。经过卖鸡的地方,我开玩笑面带愤怒地说:"做什么不好,非要做鸡!"她听到后脸一下子沉了下来,小声说了句:"对不起……"结果,我就站在那里凌乱了……求开导,求建议。

世界上的男人分三种:第一种很虚荣,一定要找个漂亮的;第二种很单纯,要个漂亮的就可以了;第三种很现实,不要别的,漂亮就行。世界上的女人分三种:第一种很虚荣,一定要找个有钱的;第二种很单纯,要个有钱的就可以了;第三种很现实,不要别的,有钱就行。结果,有钱的男人总是把漂亮的女人娶回家。

小时候去妈妈单位玩,不小心从楼梯上摔下来,坐那哭等我妈,一阿姨瞧见了,把我抱起来,我睁着一双泪眼一看不是老妈,从原地又用同样的办法摔一回,继续哭着等老妈……

变强大的最好办法

1.

一个人变强大的最好办法,就是拥有一个想要保护的人。

2.

有时候,我会突然不自信;有时候,我会拿不出勇气;有时候,我会假装很快乐;有时候,我也会任性;我会为小小的事掉眼泪;我也会为小小的事兴奋睡不着;一直以来,我都觉得自己不够好,我承认,我不算完美,但是我很真。

3.

我很庆幸生于现在这样一个家庭,即使不是官二代富二代,但爸妈也给了我他们能力范围内最好的生活。可能我还用不起最新的电子产品,买不起所谓的奢侈品,但也有足够的钱让我可以出去走走,不至于为了一件外套出卖自己。比起有些花着父母的钱却看不起别人的人,我宁愿自己努力改变生活。

4.

如果这辈子，只能跟一个人相守到老，激情慢慢褪去，看腻身边的人，感觉不到爱，没别的选择，生活平淡如水，你会不会因此感到寂寞？我们当初选择了爱，就是选择了和某个人一起寂寞到老。其实这辈子最大的寂寞，并不是枯守一人，而是当你想守时，却找不到这个人。

5.

我，就是我。我不温柔，我脾气不好，我容易吃醋，我容易心痛，我容易胡思乱想，我很任性，我生气时不想说话，我开心了会一直傻笑，我受委屈会放在心里，我在乎了就想被你知道，我喜欢在伤心的时候听伤心的歌，我喜欢在开心的时候和在乎的人分享。我就是我，如果受不了，就别走进我的世界。

6.

有个懂你的人，是最大的幸福。这个人，不一定十全十美，但他能读懂你，能走进你的心灵深处，能看懂你心里的一切。最懂你的人，总是会一直在你身边，默默守护你，不让你受一点点的委屈。真正爱你的人不会说许多爱你的话，却会做许多爱你的事。

7.

淡定，不是看破红尘，不思进取，是经过岁月磨砺后的沉稳含蓄；淡定，不是不屑一切，不顾一切，是历经世事变迁后的从容淡薄。淡定的人，善待生命，沉稳而不缺少热情；淡定的人，处事不惊，安详而不缺乏快意。淡定的人生，历尽沧桑，却依然呈现随遇而安的美丽淡然。

出去结个婚就回来

本人在IT公司工作。IT人大家都懂的，天天加班，熬夜常态，更无双休可能。一个周末，大家一起忙了一上午，十一点多，某同事忽然起身，丢下一句话就冲出去了。他说："你们忙着，我出去结个婚就回来。"

刚才在路上看见一老兄，他刚打开可乐喝两口，晃了下，井喷了。拿嘴去堵，坚持着，终于从鼻子里喷出来了。

记得高二那年第一次搬家进城里住的时候，第一次去吃肯德基，好紧张，不知道吃什么，又害怕别人看出自己是第一次来的，于是就等前面的人买完了对服务员说跟前面一样的，结果一个人吃了全家桶，撑死了！

夜里11点开始和暗恋的女孩QQ聊天,讲小时候的故事。越来越投机的时候,我在12点帅气表白了。成功。一直聊天到凌晨2点。4点时,依然激动地睡不着。手机响:"对不起,我是她哥哥,聊了一晚上我发现你是个不错的人。"

夫妻俩正在讨论如何做鱼。
丈夫说:"油煎吃,烧出来香。"妻子说:"清蒸吃,原味鲜美。"这时,儿子喊道:"你们太狠心!鱼离开水会死的,还是烧汤喝吧!"

快要去世的祖母把孙女叫到跟前:"我……要把我的农场留给你……那里有一辆拖拉机,一幢别墅,一台收割机和其他设备……还有四百五十九万六千六百五十英镑九十六便士的现金……"眼看就要一夜之间成为百万富翁的孙女感动得都快哭了:"奶奶,您对我太好了……我都不知道您还有个农场!它在哪儿呢?"祖母用她的最后一口气悄声说道:"开心网……"

老婆花巨资做了整容,数天后变成美女回家!进门时,对一脸疑惑的丈夫说:"怎么?不认识我了?"丈夫愣了一下,然后惊喜地说:"快进来,我老婆不在家。"

一个人在沙漠里快要饿死了,这时他捡到了神灯。神灯:"我只可以实现你一个愿望,快说吧,我赶时间。"人:"我要老婆……"神灯立刻变出一个美女,然后不屑地说:"都快饿死了还贪图美色!可悲!"说完就消失了。人:"……饼。"

教师在农村扫盲,让一农妇认"被子"两字,农妇想不起来,教师提示:"睡觉时你身上是什么?"农妇说是老公。老师哭笑不得:"老公不在的时候呢?"农妇:"是村长。"

用杯子要求涨工资

老哥说:"买了个杯子,上面印着'我要涨工资',每每开会都要把这几个字冲着老板。"终于有一天,老板也买了杯子,上面写着"滚蛋"!

职员:"老板!"老板:"什么事?"职员:"我老婆让我来求你给我涨工资。"老板:"好吧!我今晚回家问问我老婆。"

单位一帮男士聊私房钱,众人正感慨无论怎样都会被妻子发现时,我对面的吴哥淡淡地说:"我都存银行。"众人问:"那存折或卡呢?"吴哥憨厚一笑:"烧掉。要用的时候再拿身份证去补。"

办公室的小东在食堂捡到了一个钱包。他拾金不昧,把钱包还给了失主——外籍员工约翰。约翰很受感动,写了一封感谢信贴到了宣传栏里。结果,每个经过宣传栏的员工都忍不住笑了。原来感谢信的标题是:瞧,小东干的好事!

情人节那天,阿琳接到公司前台的电话,说有人送花给她。阿琳兴奋地跑下楼,哇!她远远就看到,前台那儿放着好大一束美丽的鲜花,足有一人多高!阿琳大喜过望,弯下腰就开始使劲搬花,前台小姐疑惑地看了半天,终于反应过来阿琳要干啥,赶紧说:"对不起小姐,您的花在这儿,那是我们公司的盆栽……"

演员:"导演,请你给我一杯真的白兰地,没有真的酒,我很难演出逼真的感情来。"导演:"那好,不过明天那场戏,是喝敌敌畏,那么也要为你准备真的敌敌畏吗?"

女人就爱懂装不懂

男人爱不懂装懂,女人爱懂装不懂。

什么叫浪漫?正着看是情调,反着看是调情。

结婚对男人而言,永远都可以等;离婚对女人而言,永远都可以拖。

婚姻就像打麻将,看见有人打出来就赶紧胡,别总想着自摸。

离婚就像一次截肢手术,你活下来了,但也失去了什么。

和睦相处是风和日丽,怄气斗嘴是阴转小雨,大吵大闹是暴风雨,大打出手是台风,签字离婚是"2012"!

婚姻专家最新的研究成果:女人喜欢的女人,才是男人真正喜欢的女人;男人喜欢的男人,才是女人真正喜欢的男人。

女儿如我的肠子,儿子似我的肚子,所以我经常牵肠挂肚;老公是我的盲肠,平时不觉什么,可发作起来会要了我的老命。

爱情是低科技,分手是高科技;考大学是低科技,找工作是高科技;顺应潮流是低科技,独立思考是高科技。

女人常以为男人会改变才跟他结婚,男人常以为女人不会变才与她结婚,结果他们都错了。

女人婚后让男人崩溃的八件事:虚荣世故,盛气凌人,奢侈挥霍,婆媳大战,经济独裁,吃醋多疑,河东狮吼,红杏出墙。

有多少男人打着爱情的名义在外偷欢，有多少女人打着婚姻的名义在垄断存折。

爱情就像金字塔，男人喜欢俯视爱情，女人喜欢仰视爱情，男人爬得越高可以俯视的女人就越多，女人爬得越高可以仰视的男人就越少。

小时候表面欺负一个女孩子，其实是喜欢她。长大以后喜欢一个女孩子，其实是想欺负她。

遇到这事只能无语

某船厂应聘,问:"长年在海上工作会寂寞吗?"普通青年答:"不寂寞。"文艺青年:"比海宽广的是天,比天更宽广的是男人的胸怀。"2B青年:"我,是要成为海贼王的男人!"

昨天去婚姻介绍所登记征婚,阿姨让我填征婚要求。思索良久后,提了两点:"女的、活的。"阿姨瞄了一眼,冷冷地说:"你年纪也不小了,要求怎么还那么苛刻!"

一男征婚,要求女方:"一要漂亮,二要会做饭。"婚介人员按此条件在电脑上查询,屏幕显示:"完全符合您要求的对象是——美的电饭煲!"

图书馆里，"老奶奶，你坐吧！""嗯，乖孩子，谢谢啊！哎，乖孙子，快过来呀，奶奶给你占到座啦！"

顾客A："你辣椒辣不辣啊？"

小贩："保管辣放心吧！"

顾客A："那算了吧，我吃不了太辣的。"

小贩："……"

顾客B："你辣椒辣不辣啊？"

小贩：不辣放心吧！

顾客B："不辣算什么辣椒啊，不要了。"

小贩："……"

顾客C："你辣椒辣不辣啊？"

小贩："不知道……"

顾客C："自己东西不知道，神经病。"

小贩："……"

小动物的寓言哲学

1.
一猴子对主人说:"我不想当猴子了,想当人。"
主人说:"你要当人,须把全身的毛拔了。"
猴子说:"行。"
主人拿镊子来拔,刚拔一根,猴子就疼得嗷嗷直叫,就不愿再拔了。
主人说:"你一毛都不肯拔,如何能够做人!"

2.
蚊子飞到公牛角上,休息了很久。他在要飞走时,问公牛是不是希望他离开。
公牛回答说:"你来时我一点儿都不知道,你离去我也未必会在意。"

3.
为了追一只母鸡,两只公鸡打了起来,其中一只把另一只打跑了。那只被打败的只好躲进有遮盖的地方,那只打胜的却飞到高墙上大喊大叫。这时一只鹰猛飞过来,将他抓了去。这以后,那只被打败的公鸡平平安安地追到了那些母鸡。

4.
　　一只公鸡在田野里为自己和母鸡们寻找食物。它发现了一块宝玉，便对宝玉说："若不是我，而是你的主人找到了你，他会非常珍惜地把你捡起来；但我发现了你却毫无用处。我与其得到世界上一切宝玉，倒不如得到一颗麦子好。"

5.
　　一只老鼠掉进了一个半满米缸，这个意外使老鼠喜出望外，确定没有危险后，它一顿猛吃，吃完便睡。老鼠就这样在米缸里吃了睡、睡了吃，日子一天天过去。也曾想过跳出米缸，但终究未能摆脱白花花大米的诱惑。直到有一天米缸见底了，才发现想跳出去已无能为力。

过去的已成为历史

如果不能耐心地等待成功的到来,那么只能用耐心去等待一生的失败。

胜利不是战胜敌人,而是提高自己。我们只要每天进步百分之一,那就是成功。

穷人与富人的最大的差距不是在金钱上,而是在思维上,穷人之所以穷,是因为他们不想让钱生子子生钱,只会紧抓住手里的钱,一毛不拔,成为十足的守财奴。

成功的人之所以成功，靠的是实力和洞察力。失败的人之所以失败，是因为他们做事一开始就抱有侥幸的心理，而不是通过现象看本质，然后找到解决的方案。

不要因为怕被玫瑰的刺伤到你，就不敢去摘玫瑰。更不要因为怕被爱伤害，就不敢求一次真爱。

求人不如求己，求佛不如求学。人生不要做多少事做好多少事，只需做一件大事做好一件大事。趁年轻好好干一番事业，莫等闲，白了少年头，空悲切！

过去的已成为历史，而未来还是未知，我们不需为昨日而哀叹，也不必为明天而担忧，我们要活在今天，活在过去与将来的隔仓里，把今天的事做好，明天才会有希望。

让人出冷汗的冷笑话

画家到湖边写生,看到湖面上悠悠地荡漾着飘逸的金鱼,他心有灵犀,摊开画纸,画了起来。为了能够画得更细致又不惊跑金鱼,他一点一点地往金鱼边上靠。越来越清晰……最后看清楚了,不禁骂道:"这TM原来是个香肠袋啊。"

仆人:"先生,府上派人来接了,说有要紧事。"
主人正在下棋:"现在我正在生死关头,到底谁要紧?"

医院候诊室里,病人忧心忡忡地问:"大夫,我刚才误喝了半瓶汽油,怎么办啊?"
医生:"不用担心,没多大事,要记住这几天不能抽烟。"

化学课上，同桌问："问个问题，你几号生？"

"几毫升？不知道！"

"你没搞错吧，连自己几号生都不知道。"

"靠，哪有那么大的量筒啊。"

今天一出门，忘了带学生证，马上回去拿。

拿好后，到学校时已经超时5分钟了，我站在学校门口跟老师说："要是5分钟前我能到这里就好了。"

老师说："5分钟前在你站的位置有人被车撞伤了……"

一个陌生的英俊男子敲开我家门，沉声问："是XX先生吗？"我点头，他猛地俯过身用力吻上我的唇，舌头蛮横地探进我口腔肆意搅拌。我先是震惊，然后挣扎，恼羞成怒地推开他："混蛋！你干吗？"男子无辜地摊手，道："我是送快递的，刚刚那个热吻，是你远在美国的女友寄过来的，请查收。"

QQ群聊天，说着说着，说到草船借箭，曹操为什么不放火箭。一个群主模样的人，给那帮孩子们解释："这是文章，施耐庵随便写的，是为了剧情发展……"然后N个膜拜的QQ表情，说群主好厉害我好崇拜你……最后，一个小青年说："群主NB，施耐庵写的是《水浒》。"群里安静了一会儿后，QQ显示该成员被管理员移出本群……

期末考试中有一题：1的100次方是多少?我拿草稿纸,在上面一遍一遍地乘了起来,当我好不容易乘到第83次的时候,数学老师过来了,站在我身后看我不知疲倦地反复演算着1乘1。眼看我大功告成之时,他快步走向讲台说："同学们,有道题出错了,现在更正一下,那个1的100次方的填空题,现在请把它改成1的1000次方。"

学校宿舍早上就像停尸房,偶尔诈尸起来一个去上个厕所……下午就像养老院,大部分都是躺在床上神志不清,只有少数几个偏瘫的能拿起手机看看。晚上就像疯人院,又哭又笑又乱叫。半夜就像特工部,一个个白光蓝光在脸上晃着,键盘声响个不停……

在做语文卷子时,我总是觉得自己是英国人。在做英语卷子时,我又觉得自己变回了中国人。当我在面对数学卷子时,我顿时发现自己是外星人……

假期结束,上班的第一天,领导召集开会。点完名,大领导："本来吧,刚上班,各位都比较忙,很不想开这个会。但是假期看新闻,全国各地啊,那个车祸真叫一个多呀。所以,今早召集大家开会,主要是想看下,大家人还凑得齐不……"

二领导："嗯,就是,如果凑不齐了,就要趁早准备招聘……"

一日，午饭后没多久，就听到央视新闻联播的开头曲，我噌的一下就站了起来，大叫一声："MD！又加班到7点了！"接着看到老板从他办公室出来，提着包，急冲冲地走向电梯，边走还边说："都7点了，怎么幼儿园的老师还不给打电话让我去接孩子啊？"这时听到身后有个同事小声道："这是我的手机铃声……"

客服："你好！这里是维修部。"女："我电脑开机后什么都没有了。"客服："你用的什么系统？Win7还是XP？"女："我哪知道？"客服："你桌面上现在还有什么？"女："键盘，鼠标，摄像头。"客服："你打110报案吧……"

昨天公司大扫除，头说了句让我瞬间石化的命令：你去把仙人球擦擦……

本人出纳，今天下午同事拿了一万块的定金给我说是客户早上交的。我用点钞机过了一遍发现多了二百块，这事同事也看到了。同事说这两百块钱反正客户也不知道，干脆每人一百算了。

我说不行，得还给客户，做人要诚实啊什么的……

这时同事发话了："其实，我是故意测试你的，你这个人不错。"说完就把两百块抽走了……刚开始还没多想，现在想想他不是经理又不是老板，测试我干吗？

老板十分愤怒地对新来的一个职员吼道:"你不但迟到,而且还编造理由。你知道,我们是怎样对待说谎员工的吗?"职员慌忙地说:"知道,派他们到市场部去当推销员。"

晚上和同事们去吃烧烤,众人都坐下后,一个虎头虎脑的服务员MM递过来一张菜单,同事把菜单翻来覆去看了两遍后抬头问服务员MM:"美女,你们这的烤鱼都有什么口味啊?"服务员MM眨了几下眼睛之后,一脸恭敬地说:"我们这烤鱼的口味有微辣、小辣、中辣和很辣。"

三位女士在一起闲聊晒太阳的事。一女:"我在照相馆暗室里工作,很少见阳光。"另一个:"我是被人家包起来的,别说见阳光了!"第三个:"我还好!在机关工作,只是手不能见光而已,因为我的手天天要暗箱操作!"

一位古板的老妇人有生以来第一次尝啤酒，呷一口后，她疑惑地抬起头。"奇怪！"她小声地嘀咕，"这味道怎么跟我丈夫二十年来喝的药一模一样。"

今早一美女同事，很正式地问我："晚上请人吃饭，你有空吗？"我说："有。"她说："那你替我值班吧。谢了。"

一哥们儿情人节没女友，去花店闲逛，卖花女漂亮又有气质，这哥们儿在花店转了一圈后，问卖花女："一朵玫瑰，什么意思啊！""我的眼里只有你。"哥们愣了愣，"那两朵呢？""世上只有我和你。"哥们儿心不停跳，"三朵呢？""我爱你。"热血沸腾，"四朵呢？""至死不渝。"感动无比，"五朵呢？"……"999朵呢？""愿我们相爱天长地久。"哥们儿一把抓住姑娘手说："我等你好久了，来一朵吧！"

中午在公司食堂吃饭。
同事："今天你怎么不休假过情人节？"
我："真正有情人的这一天都不休假，都潜伏！"
同事："那你一般都潜伏多少天？"
我："365天！"

（本人男性）看到哥们儿都在教室里牵着他们的女友走来走去，就不由得伤感起来。羡慕、嫉妒、恨，无一不充斥在我僵硬的脑壳里……同时还要受到他们的调侃。直至到了课间实在忍不住了，拉着我的男同桌："走，咱去买巧克力！"我的同桌惊得一愣一愣的。

一先生终于成名，于是他把一位画家请到家里来。

"我请您来不为别的，想请您为我画一幅肖像，希望您尽力画出我的神态。"

画家紧紧盯着这位先生的面孔瞧了一会儿，道："对不起！我不会画漫画啊。"

放学回家，一对双胞胎姐妹兴奋地告诉爸爸："老爸，今天我们全班同学要选一位最帅的爸爸，结果你当选了。"爸爸很高兴，问怎么会当选的。双胞胎姐妹说："同学们都投自己老爸的票，我们有两票，所以你当选了！"

唐僧：此番取经应当找个快捷方式！

悟空：坐飞机比骑马快！

八戒：神六更快！

沙僧拿出一支枪：听说这玩艺儿立马就送人上西天……

当我把一张中五百万的彩票递给彩票中心工作人员时,大家立即投来羡慕的目光!我又拿出了第二张,还是五百万,大家惊呆了!我又拿出第三张时,空气停止了流动!……当我正准备拿出第四张时,老婆把我踹醒了,不满地说:"睡觉也不老实,把书撕得一片一片的。"

银行家的儿子问爸爸:"银行的钱都是客户的,你是怎样赚来房子和奔驰的呢?"银行家:"儿子,冰箱里有一块肥肉,你把它拿来。"儿子拿来了。银行家:"再放回去吧。"儿子问:"什么意思?"银行家说:"你看你的手指上是不是有油啊?"

没必要对谁都微笑

一MM发了条微博：姐不是蒙娜丽莎，没必要对谁都微笑！一位朋友很有才，居然对了一个下联：哥不是巴黎欧莱雅，你不值得拥有！

两人大吵一天，一人说三八二十四，一人说三八二十一。相争不下，告到县官堂上。县官听罢："去，把说三八二十四的拖出去打二十板。"他很不满："明明是他蠢，如何打我？"县官答："跟三八二十一能吵一天，还说人蠢，不打你打谁？"

大二有次考数学，学了半年也没学明白的东西。卷子前面两张勉强涂了40分，卷子第三张的题目我都没看懂。快交卷了也没抄到，一咬牙，把卷子第三张撕了下来，交了前面两张，出考场。等成绩公布，60分……估计老师没找到第三张卷子，又怕担弄丢卷子的责任，我就这样过了。

香烟相亲回来，经过一番思考，终于下定决心嫁给火柴。热恋多年的打火机很不服，问："我时尚新潮，你高贵不凡，我们才是绝配啊！你为何选择土得掉渣的火柴呢？"香烟说："因为你的爱只是一刹那，一旦我香消玉殒，你肯定会移情别恋，而火柴一辈子燃烧一次，只为我一根烟……

一天妻子病了，丈夫不得不生平第一次洗衣服，他把衣服仔细分为深色、浅色及白色三堆，一面分一面微笑，对自己能记得夫人的叮嘱颇为得意，接着他打开洗衣机，加入洗衣粉，然后把三堆衣服一股脑地扔了进去。

丈夫无精打采地对妻子说："这月的钱我们快花光了，可还没交电费、医疗费，看来只能交一笔了。你说我们先交哪一笔呢？"

妻子："当然是电费了。医疗费先不交，大夫们也不能把我们的血管掐断呀！"

两个人碰在一起谈论起女人来。

A："女人必须生活节俭、品行端正、守口如瓶，这才是好女人。"

B："我老婆就是这样的：她非常节俭，毛巾挂在那儿六个星期都没用过一次；她坐得住，整天稳坐在沙发上；她也守口如瓶，直至今天她还没有告诉我，我们的孩子是她跟谁生的。"

老婆："这衣服好看吗？"

老公："好看。"

老婆："你就敷衍我，想让我赶快买完了回家！"

老婆："再看看，好看吗？"

老公："不好看。"

老婆："就知道你舍不得给我买。"

一位女士对医生说她头痛，医生建议她出嫁。过了一年，医生遇见了这位女士："怎么样？你出嫁了吗？头还痛吗？"

"不痛了，可我常听丈夫说他头痛。"

几天来严重感冒，有点影响生活了，昨天就去了我家附近的医院打吊瓶，正好是一个年轻的女护士为我服务，但太年轻，肯定不过25，我本来就怕疼，怕她又是实习的，我说："小姐，请看准了，一次成功，因为我晕针，还怕疼。"女护士："一下就插进去了，不会

痛的，我又不是第一次了！"全屋的人都瞅我俩，我当时那个晕啊，女护士可能也知道口误了，憋得脸通红，打完就转身走了，以后每次进来，都感觉怪怪的。

3个小时后，打完了，她给我拔针，感觉还是怪怪的，走的时候我很礼貌地对她说："谢谢，技术不错，真的不疼。"

算是对她的鼓励吧！

关键是我又说一句连我自己都想去死的话："小姐，你真的不是第一次吗？"

发觉失口，慌忙逃离现场……剩那护士小姐傻傻地站在那……

何况是一个西瓜呢

水果小贩把一个西瓜卖给一位女士,并向她保证,西瓜保熟、保甜。当她骑车回家时,车辆打滑,结果西瓜掉到街上,裂开了。女士惊讶地看到,西瓜是淡粉红色的,根本就不熟。她抱着西瓜回到小贩那儿,大声抱怨,要求退货。小贩回答说:"人从车上掉下来,脸都会吓得苍白,何况是一个西瓜呢!"

一交通事故,很多人围观,某记者挤不进去,灵机一动喊:"我是伤者的家属,请让让!"围观者迅速让开,记者定睛一看,一头驴被轧死,躺在路中间……

儿子午睡起床，老婆喂水，儿子不肯喝，拉扯了半天还是不喝，老婆怒了："你又不是三岁小孩，拽什么啊，不喝拉倒。"然后就撇下我们父子俩走了。我无辜地看着儿子，儿子一脸无邪地望着我："宝贝啊，你妈没说错，你不是三岁小孩，你才一岁半……"

一次期末考试前夜，小明听见爸妈在讨论明早做什么早餐给他吃。妈妈说："要不做油条和鸡蛋吧，一根油条两个鸡蛋就是一百分。"爸爸略加沉默后说："他考那么多门，100分不够。要不给他吃方便面吧。吃那个'统一100'……"

今天晚饭的时候，饭厅隔壁的阳台上洗衣机正在甩干，我问女儿："宝贝你听，什么东西响？"
女儿一脸不以为然："洗衣服的微波炉。"

面对汹汹群鬼，道士一边诵咒，一边用朱砂飞速在符上写下："太上老君急急如律令！"扔到半空，半天却没回应。道士拍拍脑袋，把符抓回来，用朱砂在"太上老君"前头又勾了一个"@"。

歌曲混搭：别等到一千年以后，曹操对我说，童话里都是骗人的，我不可能是你的猴哥猴哥，你真了不得，五行大山压不住你，蹦出个葫芦娃，葫芦娃，一棵藤上七个瓜，风吹雨打都不怕，啊——啊，啊啊啊黑猫警长，登登登，登登登登登登登！

如果在名牌大学里,你的身边有一个爱在课堂上睡觉的姑娘,那就娶了吧。第一:她肯定不打呼噜;第二:这样都能考上大学说明她智商高;第三:睡觉不盖被子不感冒,说明她身体好;第四:上课光顾睡觉了,没时间和帅哥们短信传情。结论:爱睡觉的姑娘都是好姑娘。

在聚会的餐桌上,刚上了一道清蒸鸡,大家三下五除二,盘子中就只剩下鸡头和鸡尾了,其中一人说道:"这盘菜现在应该叫什么名字?"大家一时叫不上来,他一笑,说:"应该叫'失身'"。

新鲜出炉的生活趣事集锦

昨晚社团聚餐,饭桌上讨论到了年龄问题,一个91年的大三学弟非要冒充89年的,被揭穿了之后有些尴尬,就狡辩说自己上辈子是89年的。这时桌上一个很稳重的女生幽幽地说:"你上辈子过得好短……"

学校有个200米特长生跟我一哥们儿关系很好,有一次他俩一块出去吃饭,结果该体育特长生在路上翻钱包的时候一把被抢,抢的人跑走了他也不去追。我哥们儿说他:"追啊!"他来一句:"我让他50米。"

姐姐高中同学聚会,喝到后半夜才散场,都快喝到生活不能自理了。第二天听他们班一男同学的媳妇说,这位男同学站家门口拿掏耳勺开防盗门开了一个多小时,要不是后来他媳妇听到动静给开门,估计能站那开一宿……

我家养了只老母鸡,每天都下蛋,我女儿今年两岁,天天早晨第一件事就是跑去捡鸡蛋。有天母鸡没下蛋,女儿生气了,捡了个小木棍追着母鸡喊:"你这只懒鸡,怎么不下蛋,今天我吃啥!"

小时候看电视剧上面拜把子都是歃血为盟,我们几个一起玩的小童鞋说把手割了,太疼了,尿也是人身上的液体,于是就一人一泡,对碗干了。

手上长了个小冻疮,在药店买了一大支冻疮膏,觉得好浪费啊,用不了那么多。终于皇天不负有心人,右手五根手指全长满了,不浪费了……

一家餐厅,两个大款。服务员在等点菜。

大款甲:"红烧猪肉。"

大款乙:"以前你不吃猪肉,现在爱吃了?"

大款甲:"这你就不懂了,以前猪肉什么价?现在什么价?点猪肉不跌份。"

我心想:"这就叫大款,什么贵点什么!只点最贵的,不点最好的。"

前段时间,小张爸爸买了一只活鸡。鸡毙,开膛破肚。查其胃大,切开都是石子。爸爸大怒,找小贩理论。贩曰:"鸡自食,磨食也。"一日,小张见一卖米小贩往米中加石子,上前问道:"你的米是否喂鸡的?"

今年五月小王妈买了一万元的基金。看到基金一天天地涨,小王妈高兴地说:"真是买了只会下蛋的鸡。"有人说该卖掉基金了,小王妈不信:"下蛋的鸡咋能卖?"到了十二月份,基金已缩水不少。小王说:"冬天鸡不下蛋,还会变瘦的。"

某同学经常逃课,为了不挂科,他决定发一条信息给教授:"老肖,我是教研办公室的陈主任,你那个期末考试试题为啥还没发我邮箱啊?其他老师早就发了,就差你了。我的邮箱是xxxxx@163.com。"于是一分钟后,他的邮箱多了份试题。

交通幽默
——这些人真够难缠的

司机:"先生,你没看见那张'请勿吸烟'的宣传标语吗?"

乘客:"你这上面还写着'请穿某某牌胸罩'、'请到某某性病医院',我也要照办吗?"

火车上,一位旅客对另一位旅客说:"伙计,车厢里不准吸烟。"

"我吸烟了吗??"对方毫不客气。

"那你叼着烟斗干吗?

"这能说明什么?我的鞋穿在脚上,可我并没走路啊!"

有个人带着一个孩子上了汽车,他问售票员:"给这孩子买张票要多少钱?""他几岁了?""5岁。""不用买票。""他要是占个位置坐下呢?""也不用买票。""那我要是把他抱在怀里坐着,你可以找给我多少?"

警察在路上拦住了一位超速驾驶的漂亮女子,请她出示驾照,那位女子显然非常愤怒,大叫道:"真是搞不懂,你们警察是怎么办事的?昨天刚有一个警察没收了我的驾照,今天你又让我出示驾照!"

一个交通警察站在公路旁,手拿一叠罚款收据,专门罚超速行驶的司机。一辆小轿车被叫住了。司机下车,明智地掏出一张100元钱递给警察。警察问:"你为什么开这么快?"司机说:"我这不是急着给你送钱嘛!"

一人骑自行车,撞在行人身上。行人:"你铃也不会按吗?"骑自行车的人:"对不住!铃会按,只是不太会骑自行车。"

一个骑自行车的人闯红灯,一辆载重卡车在他身边戛然停住,骑车人对卡车司机大声喊:"不要命啦你!"

公交车乘客:"售票员,请问,这里能吸烟吗?"

售票员:"不能。"

乘客:"那么,地上这些烟头都从哪儿来的呢?"

售票员:"都是不问的那些人的!"

领导:"去年的司机出车前喝了6两酒,结果出了车祸,你觉得应该从中吸取什么教训啊?"

司机:"会的,如果我有1斤酒量就好了。看来平时还得多练练。"

犯贱爱情心理学

当一个男人同时对两个女孩子有好感时,他更爱谁,取决于谁更不爱他。这就是传说中的犯贱心理学。

女生最讨厌听到的话:"不是早和你说过吗?""随便。""以后再说。""你自己看着办。""你可以找到比我更好的。""我没办法对你……""你要这么想我也没办法。""你想多了。""那就这样吧。""嗯。""无所谓。""算我错了行吧。""您所拨打的电话正在通话中。"

那个人突然不联系你了,很正常;那个人突然又联系你了,也很正常,这什么也不说明。这句话就如同,别人访问你主页,并不代表别人想念你或者对你感兴趣,也有可能别人正在给身边人举例解说什么事。

如果有一天，你在街上碰到了你的前任恋人和他的新欢在一起，请不要心酸。不想输就想想小时候妈妈说过的话："要把旧玩具，捐赠给比自己更不幸的人。"

墨菲定律：当你越讨厌一个人时，他就会无时无刻不出现在你的面前；而当你想念一个人时，翻遍地球都找不到他。

用心理学来认识自己和他人：你恨一个人是因为你爱他；你喜欢一个人，是因为他身上有你没有的东西；你讨厌一个人，是因为他身上有你有的东西；你经常在别人面前批评某人，其实潜意识中是想接近他。

心理学上说，人们大多时候只对有安全度的人发脾气。因为在那个安全度之内，你潜意识知道对方不会离开你。胡闹，是一种依赖。

心理科普：越是拥有，越是不满足。人们在拥有了一件新的物品后，会想不断配置与其相适应的物品，以达到心理上的平衡，这在心理学叫"配套效应"。

自我保护心理：对于自己喜欢的人态度冷淡，而对于自己讨厌的人却非常热情，即采取与意识相反的行为。当使用压抑法已经无法处理强烈的感情时，人会采取反向行为来进行自我防卫。

对着恋人左耳说情话，更能打动她的芳心。实验结果显示，人们能够写下从左耳听到的70%的情感词语，而右耳只记得58%。原因是人脑分工不同，左脑掌控逻辑思维，右脑进行感性直观思维，而左耳正是由右脑控制的。

恋爱中的人，往往吃些苦头才会觉得爱情来之不易，才会珍惜。

得不到的永远是最好的。越是容易得到的东西，越不懂得珍惜，而越是难以得到的，越想得到，这与这个东西（或者是感情，亦或者是一种征服别人的心理）的真正价值大小并无多大关系。

在恋爱中，女生喜欢倾心于不重视自己的男生，而真心喜欢她的人，她却不在乎。

从失恋中走出来的人无法爱上别人，只因你依然留恋那个伤害你的人，哪怕知道那个人已经不爱自己。其实有时候想想，是真的爱得深，还是因为不甘心。

愚人节幽默笑话

1.

愚人节。他:"我爱你。"她:"我不爱你。"他:"你的笑话真好笑。"她:"你的也很好笑。"

2.

一个消化不良的病人向医生抱怨:"我近来很不正常,吃什么拉什么,吃黄瓜拉黄瓜,吃西瓜拉西瓜,怎样才能恢复正常呢?"医生沉默片刻,说:"那你只能吃屎了。"

3.

话说有一个美女深夜被打劫,劫匪:"把身上值钱的东西都拿出来!"美女遂从之,劫匪拿了东西又仔细盯了美女一会儿,说:"把衣服全脱了!"美女心想终究还是逃不过,遂从之。男子认真看她脱完后:"算你老实,没藏东西。"于是掉头就走了……

4.

有一个人患有高度近视，半尺之外，几乎什么都看不清。一天晚上，他捡到一个爆竹，便靠近灯火辨认，不料触火而响。旁边有一个聋人，见此，拍着他的背问："你刚才捡到了什么东西？怎么一到手就飞散了？"

5.

早上起来突然收到一条短信，"今天我肚子不好，帮我跟领导请一天假，谢谢，王莎。"

急忙收拾好往单位赶，到公司后，正好遇见领导，我急忙说："领导，王莎病了请一天假。"

领导说："是不是肚子不好？"

我一脸惊讶地说："您知道了？"

领导说："你是今天第22位给她请假的了！"

只见我的办公桌上贴一张纸条，"蛔虫们，愚人节快乐！"当时我差点晕倒！

6.

母亲给儿子的信：昨天，你爸爸陪我上医院去看病。医生把一根小管子放进我的嘴里检查体温，还叫我10分钟不要开口。你爸爸说，要是医生肯卖，他愿意出10镑钱把那根管子买下来。

7.

绅士初次到伦敦，对警察说："我和妻子各自走失了，要是她经过这里，你可以叫她等在这里吗？"警察："可是我不认识她呀！"绅士："呀！我真没有想到这事，那你叫她不要等了。"

8.

有个男人上街买了一担米，一头重，一头轻，不好挑。他抓抓头皮想出了一个办法，在轻的一边放上一块大石头。他汗流浃背地把米挑到家，放下担子，长长嘘了一口气道："今天幸亏有这块石头，不然简直没办法挑回来！"

9.

某人在别人的果园里偷苹果，不料被主人当场抓住。

主人问他："你怎么一大把年纪了还偷别人的苹果吃？"

此人赶紧申辩："你说错了，我年轻时也偷过。"

10.

法官对被告说："你要明白，一切的罪行都是酒精引起的；你会落到这个地步，也是酒精引起的！"

被告高兴地说："所有人都说我是天生的坏蛋，只有你指出了真正的凶手。"

11.

某旅馆登记处，有个服务员问："同志，您在哪里工作？"旅客答道："我在省出版局工作。""你们那里有三合板吗？""没有。""纤维板总会有吧？""没有。"服务员不满地说："出版局没板子，谁信？"

12.

三毛去发型屋做发型,对发型师说:"给我编个麻花辫。"发型师不小心弄掉了三毛的一根头发。

三毛叹口气说:"那来个中分好啦。"

可是发型师不小心又弄掉了一根。

三毛一看火了:"你想让我披头散发啊?!"

13.

乡间有个小偷,夜里来到老头家窥探,正好被从外面回来的老头看见。小偷慌忙夺路而逃,情急之下连从别人家偷来的羊皮袄也落下了。老头从地上拾起小偷丢下的羊皮袄,穿在身上一试很合身,心里非常高兴。由于这次白白捡了个大便宜,以后他每次夜里回到家时,见到门庭平安无事,心里就很失望,总是皱紧眉头,不住地念叨着:"今夜怎么就没来小偷呢?"

围脖经典——哥唱的不是寂寞，只是一个传奇

脱了袜子自己闻，那叫日记。脱了袜子请朋友到家里来闻，那叫博客。脱了袜子挂在家门口让路过的人闻，那叫论坛。脱了袜子挂在广场上请所有人闻，再去闻别人的袜子，恭喜你，你已经玩微博了……

屌丝不只是一个字头，更是一种人生。越来越多人自称为屌丝，这个在不经意间诞生的字头迅速蹿红网络。在哥了解它的含义之后，立刻沾沾自喜地拜入其门下……哥是一个屌丝，但哥不寂寞，哥在仰视一切的同时，过着自己只卑不亢的生活。

一老大爷去买西红柿,挑了三个,摊主称了下说:"一斤半,三块七。"大爷说:"就做个汤,用不着那么多。"说完就去掉了个儿最大的西红柿。摊主迅速又瞧一眼秤:"一斤二两,三块。"正当我看不过去想提醒大爷注意摊主的秤子时,大爷从容地掏出了七角钱,拿起刚刚去掉的那个大的西红柿,扭头走了。

美女问医生:"我想丰胸,结果如何?"医生淡定地说:"一般有四种结果。(1)大不一样,(2)不大一样,(3)一样不大,(4)不一样大!"结论:凡事有多面性,你所做的未必是最坏或最好的。

上公交车,我前面有一老头拿公交卡刷了半天没反应,然后我上前一步,很潇洒地拿出自己的卡,准备给老头做个示范,结果一刷也没反应,很纳闷。司机实在看不下去了,探过身子来,指了指感应区:"这儿这儿这儿,你俩搁显示屏上刷什么!"

周末同事聚会,吃完饭后去KTV唱歌,男同事点了一首王菲的《传奇》唱给暗恋已久的女同事听,正唱到:"想你时,你在天边,想你时,你在眼前,想你时,你在脑海,想你时,你在心田……"这时女同事突然站起来说:"对不起,你还是换个人想吧,我已经结婚了。"男同事当时一脸尴尬地说:"别介意,哥唱的不是寂寞,只是一个传奇!"

在地铁上,一个聋哑的小姑娘向我推销她的钥匙坠,一个才10块。看她蛮可怜的,我买下了一个,给了她20,然后对她说:"不用找了。"小姑娘很惊讶,笑了笑,然后说了声:"谢谢!"又去向其他人推销去了……

有天晚上在外面吃完饭后回家,走到一个偏僻的地方,灯光很昏暗,我眼睛的余光突然扫到一个白影子,猛地一回头什么都没有,可是始终能看到一个白影子跟着我。急奔到家后发现白影子还有,于是很害怕。洗脸的时候,我才发现……眼角有一粒米饭。

公交车里,一男士大声地向她的女朋友吹嘘自己如何厉害,自己的本事有多大,世界上没有他办不了的事,他越说越兴奋,手舞足蹈唾沫星子横飞。一老太太用专注的眼神看着他,此男士对女朋友说:"看,老太太都相信我说的话!"老太太眼含泪,说:"小伙子,我相信!因为我那得精神病的儿子也这么说……"

有一次我坐公交车,身边坐了一陌生大妈。手机响起,大妈接电话,十分爽朗地对着电话说:"啊,我今天上午没空儿!我得陪慧慧去医院做人流!"拥挤的车厢瞬间安静……我瞥了一眼身旁的大妈,转回脸来的时候,发现全车人都在盯着自己。但我真的不是慧慧。

今天走在街上，遇到两个七八十岁的老大爷在相互打招呼。
大爷甲："哎呀，你还活着啊！"
大爷乙："啊！我还以为你已经不在了呢！"
当时我就凌乱了……

我一朋友在联通实习。一天，一老头走进来，劈头盖脸就来了一句："给我办张移动卡！"我那朋友头也不抬地也来了一句："师傅，有人来砸场子！"

一文静女和一粗鲁男在大街上吵架。男的大爆粗口，女的一直沉默。我想那女的不好意思说粗口。那男的突然停了下来，女的华丽丽地拿出手机噼里啪啦地按了一会儿，估计是叫人，男的一脸戒备。只听那手机发出洪亮蹩脚的女语音："老娘今天喉咙发炎懒得跟你吵……"

今天中午，我应邀到女友家做客，不过他们家人说话的时候我根本插不上嘴。
冷场的时候，大家都盯着我，我为了掩饰尴尬，于是拿起了桌上的苹果咬了一口。
更尴尬的是，苹果是塑料的。

一日上午,一对情侣去银行销户。

男:"请问可以销户吗?"

女补充道:"我们今天上午开的户。"

银行工作人员投来不解的眼神。

女:"请问这会影响我们的'声誉'吗?"

工作人员:"'生育'?销个户怎么会影响'生育'呢?"

女急了:"我是说'声誉'!"

男补充道:"她是说上午开的户,下午销户,会不会影响我们的'信誉'。"

工作人员诡秘道:"至于'性欲'嘛,这是你们自己的事情,我们就不知道了!"

女,面红耳赤……

男,目瞪口呆……

某天坐公交车,一漂亮MM上车后站在我旁边,说了句:"让个座吧,我是孕妇。"呵呵,漂亮MM开口了就让个呗,然后就让了。可看了半天没觉出是孕妇啊,就问:"多久了啊?"MM回答:"有两个小时了吧。"

三个女孩去文身，第一个说："我要在手臂上文朵玫瑰花。"

第二个说："我属蛇的，文条小蛇吧。"

第三个说："我想在手掌里文只蚊子，带血的、拍扁了的。"

那两个女孩好奇地问："你文只蚊子干什么？"

她说："要是遇见不规矩的男人，我就给他一巴掌，他要是发火，我就摊开手掌给他看——喏，我给你拍蚊子呢。"

买一只仓鼠和一个榨汁机，几天之后把仓鼠放生，榨番茄汁。当你的室友注意到仓鼠没了，并且在你榨汁的时候，无辜地对他说："我只是好奇……"

深夜，蒙面劫匪在街上拦截一位衣冠楚楚的男子。

劫匪用枪顶着那个人说："把你的钱给我！"

那人勃然大怒，回答："你怎么可以这样做，我是国会议员！"

劫匪："是吗，把我的钱给我！"

上班早高峰，一群人老早站好有利位置，等公交车一来，就蜂拥而上。我已经很尽力了，仍只能远远看着车门。接着等，第二辆姗姗来迟，上班时间紧迫，我暗自加油，拼了，挤！果不负有心人，我终于挂在门口了，尽管有点摇摇欲坠。还没等我舒口气，突然，猛上一中年妇女，活活给我挤了下去。

同事手机经常接到推销的电话，觉得很厌烦！这次手机又响了，同事一看是不认识的号码，接通后马上说了句："你电话打错了！"对方是个女的，气势汹汹地回了句："那你还接。"随后电话就挂断了，同事无语了。

昨天朋友叫我去他宿舍吃火锅。进去后看到一群小伙子围着一个大脸盆，脸盆里各种火锅料各种蔬菜！脸盆里还插着两根热得快！我是该佩服你们的创造力呢，还是勇气！

两个音乐家在聊天。一个说："我的第一次演出非常成功，我收到的花足以让我的妻子开一个花店。"另一个说："我第一次演出时，观众特别喜欢我，赏了我一幢房子。""我不相信他们会赏给你一幢房子。""真赏了，一个人赏了一块砖。"

一天，某处发生一起车祸，一辆汽车撞了两头驴子。甲目击后告诉乙："我看到一辆汽车撞了两头驴子。"乙告诉丙："一辆汽车撞倒了两个女子。"丙又告诉丁："有一辆汽车撞死了两个姑娘，听说那两个姑娘可漂亮了，真可惜，世界上又多了两个光棍！"

单位同事都喜欢网购。今天一男同事买的货到了,他特兴奋,说九十多块钱买了一件七匹狼,超划算。女同事们听到了都聚拢过来。包装拆开一看,是"千匹狼"。一位阿姨幽幽地说:"真划算,多给了你九百多匹狼呢。"

画家:"这是一幅美女饮酒图。"
参观者:"我怎么只看见了一只酒杯,酒在哪呢?"
画家:"当然是被美女喝了。"
参观者:"那美女呢?"
画家:"美女都喝完酒了,当然早就走了。"

拾荒者甲:"今天咱们去某某广场捡废品吧,今天那里废纸应该多一些。"
拾荒者乙:"你怎么知道?"
拾荒者甲:"今天那里有许多人发传单。"

一日,到动物园游玩,看到一只猴子在树上一动不动。遂随手扔出一物,猴子见状立马下树,我又去看其他动物。不久有对情侣在我身旁看着动物窃窃私语,不经意间听到有只猴子在玩手机,我暗笑,这怎么可能……
离开了动物园,回到家后大惊:"我手机呢!"

晚上，甲和乙在一起喝酒。第二天，甲对乙说："现在我一看见你就想起丙。"乙说："我和丙长得并不像啊。""长得是不像，可你们俩喝完酒之后太像了。"

男人，因女友一次交通意外，曾大量输血给女友。后俩人闹翻，男人硬要讨回血债。女友气愤之下扯出一块卫生巾砸在他脸上，怒吼："这是首付，以后会每个月按揭还你！"

附近有家煎饼摊生意很好，今天早上过去一看没人，边上的小贩说："你不知道吗，每年这个时候他们全家都要去马尔代夫旅游的……"泪流满面啊……

让人狂汗的糗事笑话

给爸爸一个

邻居家儿子刚学会说话。一日一老太太问他："你长大了要小孩不要？"小孩回答说："要。""要几个呀？""两个。"小孩又回答。多事的老太太又问一句："要那么多干啥呀？"小孩眼睛瞪得大大的又很认真地说："给爸爸一个！"这时候回头看小孩他爹满脸幸福的样子。我汗呀！

我也是女的

本人在学校工作，今天有女学生投诉，寝室里晾的所有内衣裤被变态偷了……男同事在谈论此事："他们只收女的不收男的啊。"突有一女老师来我们办公室串门，颇有喜感地说："收不收我啊，我也是女的。"

有其父必有其女

上初中的时候,班里有个女生很前卫,剪了一个寸头,学校教导处一直狠抓严打各种不合格发型,班主任就让女孩把家长叫来,结果下午上完体育课回来的时候路过班主任办公室,看见女孩的父亲梳了两条辫子,自打那之后班主任再没管过那女孩的发型。

爹对不起你

男友转发了一条微博:"为了下一代,我们要帮孩子找一个漂亮的妈妈!"并补充了一句:"孩子啊,爹对不起你!"

给她一巴掌就行了

大概是我两岁左右的时候,我妈在家门口摘菜,那时候家住1楼。我在一边自娱自乐,突然一女的骑辆自行车从我面前经过把我撞倒了!我妈当时也没说什么,只想着那女的把我扶起来道个歉就算了,结果人家不仅对倒在地上的我视而不见,还说是我挡她道了。我妈当时那个气啊,菜一扔就去找她评理,俩人正吵得火热时,又经过一男的,那女的赶紧把男人拉住吧啦吧啦说了一大段!意思就是说我们不对,叫他给评评理,男人突然很淡定地对我妈说:"你直接给她一巴掌就行了。"

我妈马上冲上去就是一耳光把那女的打懵了……

女人回过神问:"你他妈谁?"男人指着我妈说:"我是她男人。"

我就是

N年前,大学入学报名处。一人把钱和资料递给老师报到。老师看了他一眼说:"叫××他自己来交,都大学生了,还要爹帮做这点小事。"那人很淡定地说："我就是××。"

 电视剧看多了

女朋友现在是实习老师，她告诉我头几天给小朋友上课，有个调皮的男孩子老讲话。她实在忍无可忍一脸黑线跑过去："你怎么回事？"结果那倒霉孩子直接扇起自己耳光，并说："奴婢该死！奴婢该死！"顿时全班雷倒，电视剧看多的孩子伤不起啊。

 师傅您慢点儿开

一个哥们儿请客喝酒，结果大家都喝多了，他还非要打车把我送回家。在车上他一直把着副驾驶门上的拉环，走到一闹市区时跟司机师傅说："师傅慢点，太快了我难受。"司机师傅非常无奈地回："堵车呢，兄弟。"

手机上的巧克力

女友去打麻将，衣服兜里放了块巧克力和手机，等上完厕所回来，发现巧克力化了，粘在手机上了。邪恶的她出门对朋友说："手机掉进马桶，刚捞出来。"于是，把沾满了黑色巧克力的手机掏出来，放在众多牌友的鼻子旁，正当众多牌友纷纷躲避表示同情的时候，女友邪恶地舔了下手机上的巧克力，众人脸都绿了。

只有一块五零钱

一次坐公交车,身上只有一块五零钱,车票是两块,我心想忽悠一下就过去了呗。投币的时候,突然有个大手拦住我说:"兄弟我刚才刷了两次卡,你把钱给我就行了。"当时无比窘迫……

旅游经费不足

一个哥们儿旅游经费不足了,天天省吃俭用。最后想出连喝饮料都能省钱的好办法……想喝咖啡的时候就去麦当劳,从垃圾桶捡一个杯子,然后去卫生间冲一下,拿到前台:"服务员,续杯……"

竟然没被发现

我一男性朋友,有天上街逛,突然想上厕所大解,见到厕所直接冲了进去。进了隔间就开始释放,突然听到隔间门外有俩女的说话,他才反应过来进厕所时没看男女。结果在马桶上一直坐了一个小时,觉得没人了才敢出来。又跑去洗手,边洗边想:"运气好啊,竟然没被发现。"抬起头看镜子突然发现背后站着一个女的……

真的是狗

刚从五楼窗户往下看,操场上有一穿挺厚衣服的小孩子在地上爬得很快,真的很快,心想着跟狗一样的。然后自己骂了自己一句:"呸,怎么说话呢。"然后再看,一女的顺手把他抱起,真的是狗啊!

待遇低感到不满

一教师对工资待遇低感到不满,于是就发牢骚说:"我们吃的是猪的饭,干的是驴的活。"

一人接话说:"对,我们吃的是校长的饭,干的是局长的活。"

 我是小沈呀

女同事小沈给朋友打电话,那头问:"你谁呀?"小沈答道:"我是小沈呀!"那头火了,回道:"你谁小婶呀?我还是你大爷呢!"说完挂断电话。

 学生照相时喊什么

小陈是个摄影师,每年都给大学生拍毕业照。这天,他和朋友聊天,朋友问他:"现在大学生照相时,是不是还喊'茄子'?"小陈说:"早不喊了,比如今年给理工学院毕业生照相时,那群男生都喊'娘子'。"朋友一听笑了,说:"如果是女生占多数,该不会喊'汉子'吧?"小陈连连摇头:"女生多的学院有些喊'银子',有些喊'房子'。"

 你怎么知道密码

我有次去某监控极其严格的机关办事情,进入他们的办公室是需要密码的。密码器就在墙上,但我和朋友都是第一次去,谁也不知道密码。我正愁进不去了,只见朋友瞅了一眼密码器,连续按了6个1,门开了!我问他:"你怎么知道密码的?"朋友说:"你没看到密码器上的数字1都磨光了,其他数字都还是新的吗?"

给女友信息求安慰

坐火车,车震了一下,当时以为撞车了,吓出我一身冷汗,连忙给女友信息寻求安慰,女友回:"别傻了,你以为你花普快的钱,能享受高铁的待遇?"

谁不跳谁是孙子

我读初中那会儿,一天和几个哥们儿来到一个桥上,脑子抽筋提议数一二三一起从桥上跳到河里去,谁不跳谁是孙子。桥具体多高不清楚,反正目测很高,我们脱得只剩条内裤。跳下之后才发现桥下水小腿都淹没不了,一个哥们儿骨折了!

你长得好像个人

某天见一男性顾客,发现他跟前男友颇有几分相似。随意地开了句玩笑说:"帅哥,你长得好像个人哦。"那男的一脸严肃地看看我,说道:"嘿!你还真怪,我长得不像个人,莫非还像个猪啊!"

蜂蜜是什么味

小时候和伙伴去养蜂的地方偷人家蜂蜜喝,正在舀蜂蜜的时候养蜂人出来了,我们都吓跑了。只有一个比较馋的伙伴舍不得跑,捧了一大捧蜂蜜,边吃边跑(没加工的蜂蜜是很齁的),然后就被蜂蜜噎到了。情急之中跑到河边猛喝河水,后来好不容易把养蜂人甩掉了,我们问他蜂蜜是什么味,他回忆着说:"好像一股河水味!"

路人不屑一顾

梳子店的伙计在门口招揽客人，不断地往店里拉人。当他向一位路人殷勤地介绍梳子，路人不屑一顾地要走时，伙计还是跟在后面喋喋不休。路人怒了："丫的，非要我摘下发套让别人都知道我秃顶你才不烦我啊！"

百度一下，你就知道

跟同事说："我电脑死机了，帮我查查快递到哪儿了？"正要把单号告诉她，发现她打开百度知道，输入："请问XX的快递到哪儿了？"我心想："你跟百度对话的时候还挺有礼貌的。"

硬座票还有吗

乘客："请问到南京的硬座票还有吗？"

售票员："有。"

乘客："那卧铺呢？"

售票员："没有。"

乘客："那我要两张硬座吧。"

售票员："没有了。"

一百不用找了

小明和一群朋友出去吃饭，饭后，结账。

小明："老板，多少钱？"

老板："一共九十九块。"

小明："老板，就九十块钱了吧？"

老板："唔，好吧，就九十吧，下次记得再来这啊！"

小明："好的，下次一定来！"

掏钱中……

小明:"老板,给,一百不用找了!"

老板:"……"

感人的故事日志

在我的空间日志中,有一个感人的故事。有一位游客看了这篇日志之后,便留言说:"这个故事是真实的吗?它让我感动到流下了眼泪。"我看到后便回复:"不好意思,这个故事是假的。"过了一会儿,那位游客回复说:"还好我的眼泪也不是真的。"

旗袍设计得太差

我进了一家定做服装的商店,看到里面有一位男士在浏览已经做好的服装。一位女士从试衣间出来了,穿着已经定做好的旗袍。我小声地对身边这位男士说:"这位女士是谁啊?身材太差了,穿什么样的旗袍都不好看!"身边的男士看了我一眼,平静地说:"她是我太太。"

我慌忙改口:"其实,您太太的身材很好,就是旗袍设计得太差!真不知道是谁设计的!"

男士依旧平静地说:"是我。"

我得收工了

晚上十点半,从火车站打车回家。司机说:"再等一个顺路的,这样比较便宜。"我耐心而又愤慨地等着,直到十二点,都没有人愿意拼车。司机无奈地叹了口气,说:"我得收工了,你再去打另一辆车吧!"

短裤被猫抓烂了

老公在咸鱼店里工作，经常把咸鱼藏在短裤里偷偷拿回家。这天老公下班回来，我对他说："老公你的短裤被猫抓烂了！""怎么可能！早上我不是把它晒在阳台上吗？怎么会被猫抓烂呢？再说家里哪来的猫？""是这样的！早上邻居来敲门，说捡到一条短裤，一看就知道是你的，他说只有你的短裤才会有那种味道。我接过短裤正要谢他，却发现短裤是烂的。我问他怎么回事，他说："是他家的猫抓烂的。"

取车

某日我把车停在教学楼前，便匆忙去上课。下课匆忙取车，抄起钥匙就开始捅，突然发现捅的不是自己的，尴尬的是主人来了，正想怎么解释呢，锁捅开了，狂汗！

谁在乞讨

一日一青年外出，路遇一乞丐。乞丐拦住青年："先生，行行好，给我一点吧。"青年："什么？我给你？我乘车还差五毛钱呢！你给我五毛怎么样？"乞丐从他乞讨的碗里拿出五毛递给青年："给你！"青年："……"

司仪

婚礼正要进行时，一个年轻男子突然冲了进来。漂亮的新娘立刻大声说道："我看过笑话，也做好了心理准备！说吧，你是来抢新郎、新娘、伴郎还是伴娘？"年轻男子一脸饱受惊吓的模样："我，我是司仪，不好意思，我来晚了。"

老师出去了

历史课上,老师让我们自己背诵课文。我看了十分钟的书,实在无聊,想跟后排女生聊聊天。偷偷看了看四下,发现老师没在教室,就大胆地转过头,说:"老师出去了,聊一会儿。"然后我就发现历史老师坐在我后面,用一种奇怪的目光看着我。后来我才知道,那天后排女生根本没来!

整人及搞笑的一些笑话短信

家养大的要工资,外养小的需外资,终日劳碌命,整日奔波辛,两边赔笑脸,体力渐不支。

一只蛐蛐跟猪打赌说:"我跳进草里你就看不见我了。"猪说:"我要看得见你呢?"于是蛐蛐跳进草里。猪在看,猪在看!猪还在看!猪咋还在看呢!

如果我左手拿着七个苹果,右手拿着八个苹果,那么可以得出,我有……一双大手。

人生最快乐的事情,就是我可以做别人做不到的事情,比如我可以发短信骂你,而你却不知道我是谁,哈哈哈!

酒喝醉了，晕晕乎乎地回家，回家不久就吐了。第二天早上老婆说："在外边吃就吃了，喝就喝了，就不要来家汇报吃的啥东西了。"

小学五六年级时，一天晚上在表弟家看电视。看CCTV6。到床戏时，姑姑拿着遥控器就要换频道，说："小孩子不能看这个。"弟弟一把抢过遥控器，喊："放心吧，中央台不会脱的。"

女孩带男友见奶奶，奶奶问："小伙子干啥的？"
男孩："奶奶，我是干IT的。"
奶奶听完自语道："还有这么倒霉的行业，挨骂的都比这强。"

不到长城非好汉，到了长城吧，好汉不吃眼前亏；不撞南墙不回头，撞了南墙吧，墙倒又被众人推；不到黄河心不死，到了黄河吧，跳进黄河洗不清！烦恼不会止，开心最要紧。

三日打鱼，剩下的时间都上网。

才+材+财=新理想男人。

人倒霉都是喊杯具,我倒霉就喊碗柜,里面摆满了杯具和餐具!

有钱的人没才,有才的人没钱。经过多年的艰苦奋斗,我在两者之间找到了统一:我既没钱也没才。

一个犯人逃跑了,长官问道:"他是怎么偷到钥匙的?"士兵答道:"他没有偷,他是玩牌时赢去的。"

死党!等我有了钱,我要用人头马给你冲厕所,用美钞给你点烟,用999朵玫瑰给你洗泡泡浴,用波音飞机接你上下班,用还珠格格给你当丫环!行不?

上联:风在刮,雨在下,我在等你回电话!
下联:为你生,为你死,为你守候一辈子!
横批:发错人了

蜈蚣被蛇咬了,为防止毒液扩散必须截肢!蜈蚣想:"幸亏我腿多!"大夫安慰道:"兄弟,想开点,你以后就是蚯蚓了。"

一只蚊子叮在你左胳膊上大喝了一通，你被叮醒了，在你抡起右手要打蚊子的一刹那，蚊子对你说："我身体里可流着你的血！"

人活着真累！上车得排队，单恋真受罪，吃饭没香味，喝酒容易醉，上班特疲惫，抢劫还不会，挣钱得交税，就连给小猪发个短信还得收费！

你知道吗？没有你的短信时我想过死，我曾经用面条上吊，用豆腐敲头，用可乐服毒，用降落伞跳楼，用筷子割脉，昨天我鼓起勇气摸了电门，可惜停电了，唉，都没成功！你看我多想你。

等一列地铁需五分钟，
看一场电影需三小时，
月缺月圆要一月，
春去春来需一年，
想念一个人需一生，
可是一句关心的话只需一秒钟：
天凉了，窝里多垫点草！

找点空闲,

找点时间,

背着炸弹,

到银行看看,

警察为你准备了一副手铐,

狱长为你张罗了一床毛毯,

生活的烦恼向记者说说,

抢劫的细节跟警察谈谈……

一妇女带吃奶的孩子到餐厅就餐,这时孩子哭闹,女人赶紧撩起衣服准备喂奶,服务生过来制止,妇女大怒:"难道这也不行吗?"服务生答:"露胸可以,但是不能自带饮料。"

某男生给同班某女生取外号,叫胖猪。女生向老师哭诉,老师答应对该男生批评,第二天老师在班上讲:"某男生太没礼貌,随便给别人起外号,总不能别人像啥就叫啥吧?"

鱼说:"我时时刻刻睁开眼睛,就是为了能让你永远在我眼中。"水说:"我时时刻刻流淌不息,就是为了能永远把你拥抱。"锅说:"都他妈快熟了,还这么贫!"

一农户明天杀鸡,晚上喂鸡时说:"快吃吧,这是你最后一顿!"第二日见,鸡已躺倒并留遗书:"爷已吃老鼠药,你们谁也别想吃爷,爷不是好惹的!"

鱼又说了:"有卖耗子药的不?爷也自尽!谁也别想吃了爷!爷比鸡还不好惹!爷让你连汤都喝不了!锅都得扔!"

一只漂亮的小猪,脖子上挂着蝴蝶结,屁颠屁颠地跑到你面前,用崇拜的眼光看着你,摇摇尾巴,甩甩屁股,对你唱了一首——《长大后我就成了你》!

听着!
我要追你!
我就认定你了!
我一直以来要找的就是你了!
这次机会我绝对会好好把握的!
我一定要追到你为止!
死苍蝇!我拍死你!

想你的头，
想你的嘴，
想你想得流口水；
爱你的皮，
爱你的背，
爱你的脖子和大腿；
爱你的肝，
爱你的肺，
爱你的身体和香味；
我永远爱你，
哦……
北京烤鸭！

跟我妈说了，我喜欢你，我要让你去我家，日日夜夜陪伴我，知道吗？通过这些日子的交往，我发现我已经不能没有你，可我妈不肯，她说："家里不准养猪！"

我轻轻地把你吻倒在床上，
轻轻地拉开你的裤子，
轻轻地吻你的脸庞，
然后轻轻地对你说：
宝贝换个姿势……
该换尿布了！

听说了吗？前生的5000次回眸才换来今生的擦肩而过，像我们这样的好朋友，前生……什么都没干，光得回头了。

想念你的微笑，
回味你的味道，
脱掉你的外套，
露出你的美妙，
控制我的心跳，
压抑我的狂躁，
想想我的需要，
还是早点把你干掉……
啊……钞票！

大哥大与子母机结婚生下小灵通，小灵通面目可憎，信号奇差，又不能漫游，不能互发短信，伤心欲绝，经DNA检测，才发现其亲爹不是大哥大，是对讲机。

三个老鼠分别品尝美中日的酒，喝美国酒的老鼠，走3步就倒了；喝日本酒的老鼠，走2步就倒了；喝中国二锅头的老鼠手拿菜刀，大喊："TMD 猫呢？"

有两个人去打猎，突然看见只老虎，俩人撒腿就跑，跑到半截一个人说："哥们儿，我不行了，别跑了，咱跟老虎死磕吧！"对曰："我跑不过老虎我还跑不过你？"

一对夫妻来到一口许愿井旁，丈夫弯腰，许个愿还往井里扔了个硬币，妻子也想许愿，但她弯腰时不小心翻入井里，丈夫惊呆了，然后狂笑自语道："真是灵啊！"

你在哪？电话打不通，急死我了，我有重要的事找你，看到信息马上到防疫站体检，最快速度！你机会来了，体检合格，你就能从私人猪圈调到国营猪场了。

你是多愁善感的乌鸦，你是活蹦乱跳的青蛙，你是出淤泥而不染的地瓜，你是我心中火红火红的大虾。我想轻轻地问候你："看我短信的可爱傻瓜，你现在好吗？"

大象把粪便排在了路中央，一只蚂蚁正好路过，它抬头望了望那云雾缭绕的顶峰，不禁感叹道："呀啦唆，这就是青藏高原……"

你都老大不小了，有些事该让你知道了！天，是用来刮风的；地，是用来长草的；我，是用来证明人类伟大的；你，就是用来炖粉条的……

今夜星光灿烂，你在哪里浪漫，没事可别乱跑，也别到处放电，我知你已成年，爱慕之心难免，但以你的条件，不能那么随便，你是纯种狼犬，别和笨狗相恋……

最近老是想你，我知道这样不好，但我控制不了自己，不把心里的话告诉你我会后悔一辈子，不管你的决定如何，我都要鼓足勇气问你："那两毛钱啥时还我？"

大黑熊将一个蜂窝放到水里，想把蜂窝里的小蜜蜂泡出来。谁知道蜂群出来后就追得大黑熊满世界乱跑。熊太太见状大骂："就你那个笨熊样，还敢泡小蜜？"

好久没你的消息了，
这两天总想你，
心里很乱，
寻遍你爱去的池塘，
就餐的小屋，
睡觉的草坪，
始终不见你的踪影，
心都快碎了……
养这么大的猪咋就丢了呢？

"半年前，为了鞭策自己减肥，我坚持每天记录自己的体重，填入Excel表格，生成一个走势图……今天，同事经过我的座位，只见他走过去了又若有所思地倒了回来，趴我耳边悄悄问："那个……能不能透露一下，你这是哪只股票啊？走势蛮好的……""

爆笑新鲜小笑话几则

三道汉语听力题：

1．"小明，晚上还有思修课呢！你去不去？""我去！我不去！"

问："小明去不去思修课？"

2．"小明，帮我擦下窗户好吗？""我擦！我不擦！"

问："小明擦不擦窗户？"

3．"小明，这碟是小红的吗？""你大爷的！我的！"

问："这碟是谁的？"

园长："你昨天怎么没把孔雀的笼子关好？"

管理员："没关系啦，孔雀跑出去也不会吃人。"

园长："狮子的笼子也没关好！"

管理员:"放心啦!狮子不会有人偷的。"
园长:"金库也没关好!"
管理员:"金库里的钱不会跑掉的啦。"
园长:"你明天不用来了。"
管理员:"明天是星期天,我当然不用来啦。"

一文艺青年穿越到过去,成了一个官宦之家的少爷。

家里负责膳食的师傅都是有名的大厨,文艺青年却每天食不下咽,以致得了厌食症。一个大丫鬟鼓足勇气问他:"大少爷可是有什么心事,怎么一口饭菜都没有吃下?"文艺青年长叹道:"为什么你们这没有单反啊,这菜还没有拍照片呢怎么能吃?"

一对夫妻离婚争孩子,老婆理直气壮说:"孩子从我肚子里出来的,当然归我!"老公说:"笑话!简直是胡说八道。取款机里取出来的钱能归取款机吗?还不是谁插卡归谁!"

某男,老爸老妈逼迫其带女友回家,无奈,从电脑里找了一张照片,打印出来带回老家。骗他爸说:"爸,这是我女友。她工作忙,明年我带她回家。"老爸一个耳光就甩过去,怒道:"你还要在这糊弄我?这不是苍井空吗?"

老婆问老公:"我要是疯了,你还会爱我吗?"老公坚定地说:

"爱!"老婆沉思了一会,忧愁地说:"你果然爱的是我的外表!"

约翰数学不好被父母转学到一间教会学校,半年后数学成绩全A。妈妈问:"是修女教得好?是教材好?是祷告……""都不是,"约翰说,"进学校的第一天,我看见一个人被钉死在加号上面,我就知道……他们是玩真的。"

考验你想象力的爆冷笑话

求一部古装电视剧,剧情是男主角掉进山洞,吃了蘑菇后武功变得很厉害——有的人说是《金剑雕翎》,有的人说是《神雕侠侣》,最后一个人回答:"超级玛丽……"

一个人发贴:"刚和哥哥打架了,他在客厅里,我在厨房里,厨房有刀,我要怎么办?"雷人回复:"削个苹果给哥哥吃,告诉他别生气了!"

某人带女友回来,他的朋友看见她觉得很面熟。"姑娘,你以前从事什么行业?我怎么越看越面熟?""进出口的。""哇!想起来了,想起来了,你还卖过菜给我呢!"

阎王派鬼卒访查世间名医,并说:"门前无冤鬼的便是。"鬼卒领旨到阳间,却见门前都是冤鬼云集。又见一扇门前只有一鬼彷徨,一打听,原来是今天刚开业。

办公室里一个二十多的女孩问一个胡子拉碴的四十多岁男同事。
女:"你孩子多大了?"
男:"还没小孩。"
女:"那要一个呀!"
男:"要也得有条件吧?"
女:"那要什么条件啊?你看连大街上最穷的乞丐都有小孩。"
男:"总得有个老婆吧。"
女:"……"

一MM星期天到湖里游泳。一个警察连忙过来阻止她:"姑娘,请你赶快出来,你不能在湖里游泳!"
"难道这里禁止游泳吗?"
"不是。"
"你是怕我淹死?"MM又问道。
"也不是。"
"那到底是为什么呢?"MM不耐烦了。
警察轻声说道:"嘘,轻点儿!我是怕你把鳄鱼给吵醒了。"

小猪和妈妈去饭馆吃饭，小猪想吃"红烧肥肠"，被妈妈骂了一顿。"你有病啊？吃自己的下水？——服务员，我们吃饺子！"
"要什么馅的？"
"猪肉大葱。"

炙热的太阳下，骆驼巧遇仙人掌，问："你在干什么？"仙人掌说："我热得中暑了，在针灸。"仙人掌问骆驼："你在干什么？"骆驼说："我热得虚脱了，在拔火罐。"这时鸵鸟恰好路过，说："唉，你说你们怎么就不知道随身带两把扇子呢？"

学生对老师说："我想请我爷爷来开家长会，行吗？"
老师问道："为什么你爸爸和妈妈不来呢？他们没时间吗？"
学生回答说："不，因为爷爷耳朵听不清！"

一个学生在作文中写道："假如我是总统，首先就开除教育部长，因为学生的作业太多了。"老师看到了这篇作文，在批改时写道："你别谦虚，你已经是总统了，班上的差生都听你的指挥，集体逃学。"结果差生知道老师的批语后抗议道："老师，请别叫我们'差生'，应该称'总统随从'。"

历史课上老师问小明："你知道当初日本人怎么嘲笑我们的吗？"小明："呵呵呵呵呵呵呵……"

皇帝对身旁的小李子说:"你用一个字来形容朕。"小李子回答:"喳!"然后小李子就被砍头了。

坐地铁,一小女孩在我的背后拿根魔杖玩,她拿着魔杖指着我的后背说:"我要把你变丑!"我听完,笑了,转身过去就听到一声惊叫:"妈妈!妈妈!我会魔法了!"

老爹对老妈说:"我终于证实,其实我是你失散多年的亲哥!"老妈一脸茫然,一时手足无措!这时,老爹突然指着儿子骂道:"不然怎么会生出这么个白痴!"

15个超级经典笑话

1.

日本地震造成抢盐风波,很多地方没有盐了,我宿友的一个举动让我哭笑不得。那天中午,他打电话叫外卖,问老板:"有盐酥鸡饭吗?"老板说有,问他要几份。舍友清了清嗓子说:"要一份!只要盐不要鸡!"

2.

飞行中的客机突然剧烈震动,客舱中的乘客惊慌失措,大声叫喊。这时,一空姐从驾驶舱走出来,她微笑着对大家说:"女士们先生们,请不必惊慌,刚刚的晃动是因为患感冒的驾驶员打了一个喷嚏造成的。"

3.

"妈妈,我的海龟死了。"儿子含泪对妈妈说。"别难过,用纸包上埋在后院,再给它举行一个葬礼,葬礼结束妈妈带你去吃冰淇淋,给你买你最想要的那辆赛车,再给你买那只你最喜欢的宠物

狗……"妈妈正在安慰儿子,突然海龟动了一下。妈妈说:"儿子!海龟没死!""我可以把它杀了吗?"儿子失望地说。

4.
一群蚂蚁爬上了大象的背,但被摇了下来,只有一只蚂蚁死死地抱着大象的脖子不放,下面的蚂蚁大叫:"掐死他,掐死他,小样,还他妈反了!"

5.
小孩把妓院养的鹦鹉偷回家,一进门,鹦鹉便叫:"搬家啦!"看见他妈妈又叫:"老板也换啦!"看见他姐姐又叫:"小姐也换了!"看见他爸爸又叫:"还有老客人!"

6.
传说今晚,阴魂不散,死光又现,鬼魂四处转!愿鬼听到我的呼唤,半夜来到你床头,苍白的脸,幽绿的眼,干枯的手抚摸你的脸,代我向你说一句:"晚安!"

7.
你走在路上,一母狗扑向你,从你的脚上咬了一块肉,迅速吞下去,你伸脚正要踢它的时候,狗含着泪说:"你打吧,反正我肚子里已经有了你的骨肉!"

8.
我花一毛钱发这条短信给你,是为了告诉你——我并不是一个一

毛不拔的人。比如这一毛钱的短信就是我送你的生日礼物。

9.
喜鹊来，妈妈说这是喜鸟是客；燕子来，妈妈说这是益鸟是客；乌鸦来，孩子问："你也是客人吗？"乌鸦叫："Yes，吾乃黑客！"

10.
黄瓜失恋痛哭，茄子安慰她：爱情不单只是甜美、只是沉醉，还有心碎、还有流泪。唉！谁让你爱上洋葱的？

11.
昨天梦见上帝说可满足我一个愿望，我拿出地球仪说要世界和平，他说太难换一个吧。我拿出你的照片说要这人变漂亮，他沉思了一下说拿地球仪再看看。

12.
一女奇丑，嫁不出去，希望被拐卖。终于梦想成真，却半月卖不出去。绑匪将其送回，她坚决不下车，绑匪咬牙一跺脚："走，车不要了。"

13.
20年前爸爸抱着你等车，人都笑话孩子长得难看，爸爸哭了。一卖香蕉的老大爷拍拍爸爸说："大兄弟别哭了，拿只香蕉给猴子吃吧！真可怜，饿得都没毛了。"

14.

小明告诉妈妈:"今天客人来家里玩的时候,哥哥放了一颗图钉在客人的椅子上,被我看到了。"妈妈说:"那你是怎么做的呢?"小明说:"我在一旁站着,等客人刚要坐下来的时候,我将椅子从他后面拿走了。"

15.

仅仅是一阵风也罢了,偏偏是这样永恒,仅仅是一场梦也罢了,偏偏是如此真实,你低头不语,我却难以平静,我终于禁不住要对你说:"下次放屁时,说一声!"

内涵搞笑的冷言笑语

小学时候写作文最爱用的就是省略号,因为它能占两个格……

葫芦娃头上的小葫芦里面装的是什么?装的是洗发水。

中国是世界上第一个掌握核技术的国家,明朝的时候魏学洢就著有《核舟记》。

微博最早是谁发明的?腾讯!因为QQ十多年来一直没穿内裤,却一直系着围脖!

某人和媳妇到知名景区旅游，订的是双人间，结果去了宾馆一看，居然是上下铺！

飞机上，一位乘客问邻座："刚才机长说了些什么？"邻座回答："机长说，拉斯维加斯就要到了，请大家系好钱袋。"

一个肉包子，有一天它去喝酒，结果喝醉了，于是它一边走一边扶着电线杆吐，吐着吐着它变成了馒头。

减肥没有那么容易，每块肉有它的脾气。

飞机落地后，还在滑行，旅客们就都站起来拿行李。为了安全，空姐需要在广播里说："女士们，先生们，我们的飞机还在滑行，请您坐好，并关上头顶上方的行李架。"结果一着急广播成了："女士们，先生们，我们的飞机滑得还行……"这时候，"叮——咚"内话响了，机长说："谁夸我呢？！"

柯南粉在讲台桌上说："真相永远只有一个！"数学老师淡定地在黑板上写了一道一元二次方程让他解。

经典到叫你喷饭的小笑话

悬崖上一小老鼠挥舞着短短的前爪,一次又一次跳下去努力学习飞翔,旁边母蝙蝠看着它摔得头破血流,忧心地说:"它爹,要不告诉它,它不是咱亲生的!"

某男生宿舍卧谈会持续至凌晨3点,突然想讨论一个问题:碰到一个漂亮姑娘,首先该说什么?某君从梦中惊醒,曰:"甭说了,咱们睡吧!"

抢匪:"快把保险箱密码说出来!不说杀了你!"女职员:"杀了我也不说!你糟蹋了我我也不说!"抢匪上下打量她后:"你想得美!"

雌鸟泪流满面,雄鸟怒气冲天地说:"我跟你讲了多少遍了,这个指环是鸟类研究站的人给我套上的,不是结婚戒指!我还没结婚!"

老兄,你知道我那天为什么挨骂吗?我看见那靓妹胸前衣服的字下面有下划线,就忍不住伸手点击了一下。

空降兵演习时长官问道:"今年有多少新兵呢?"小战士说:"落下来时看屁股就知道了!"长官道:"为什么?"小战士道:"新兵屁股上都有脚印!"

几人看日出,一人指着树梢说:"我看见了。"其他人也说看见了。这时树后有人提着裤子出来:"看见就看见,嚷嚷什么?!"

男生一般是不许上女生楼的,而且在晚8点前必须离开,否则到8点时,楼长阿姨就会大声喊:"姑娘们,送客了。"

一村妇到集市卖花生,当市场协管员收费时她拔腿就跑,但还是被协管员抓住,协管员说道:"昨天我就想抱你睡(报你税)的,今天我非得抱你睡(报你税)不可。"

一日,一司机开车路上被劫,拦路者说:"下车!"司机下车后,拦路者又说:"做100个俯卧撑。"

司机被迫顺从,说:"还没见过你这样劫道的。"做完后,强盗又说:"再做500个。"

司机又做,完后,司机已是四肢无力,头昏脑涨。强盗朝身后树林大喊:"妹妹,你可以坐他车上城了。"

有点急转弯的8个笑话

螳螂在向蚂蚱炫耀自己的手:"看我的手里拿着刀多漂亮!"一会公鸡把螳螂吃掉了。蚂蚱骄傲地说:"叫你拿刀,不知道在严打吗?"

你在戏院里横躺着占了四个位置,别人叫你起来,你只嗯嗯了两下不动地方。保安来了说:"够狠啊,兄弟,哪条道上的?"你咬咬牙说:"楼上过道摔下来的!"

阿强对朋友说:"我想离婚,我的太太已经有2个月没和我说半句话了。""你得考虑清楚啊!"朋友劝他,"现在这种老婆已经很难找了。"

一农民头一次打的,他怕城里的出租司机宰客,到站时拿出螺丝刀边剔牙边问:"多少钱?"只见司机拿出一把菜刀边刮胡子边说:"你看着办吧!"

"爸爸,有人把我们的车偷走了。""你记得那人的模样吗?""没留意看,但我把车号记住了!"

爸爸见小翔做错事,火冒三丈地想揍他一顿。妈妈求情说:"这次就饶了他吧!下次再惩罚他也不迟啊!"爸爸反问:"你说得倒简单,若是下次他不再犯了呢?"

天空中一架喷气式战斗机呼啸而过,小鸟看到后很惊奇,问:"妈妈,那只鸟怎么飞得那么快?"鸟妈妈:"你在屁股上放把火试试。"

两名山友一同去登山,其中一位不慎跌下山谷……另一个喊道:"你受伤了吗?"只听见深渊中传来回声:"不知道呀,我还在往下掉……"

小夫妻的爆笑生活

美丽又愚蠢
丈夫对妻子说:"为什么上帝把女人造得那么美丽却又那么愚蠢呢?"妻子回答道:"上帝把我们造得美丽,你们才会爱我们;把我们造得愚蠢,我们才会爱你们。"

糊涂丈夫
有一妇人夜里与邻居偷情,正赶上她丈夫回家,邻居仓皇跳窗而逃。丈夫拾得一只鞋,大骂妻子不忠,对妻子说:"等到明天认出是谁的鞋,我再与你算账。"然后倒头睡去。妻子趁丈夫熟睡之际用他的鞋偷换了,丈夫早起一看鞋,认出是自己的。于是大悔说:"我错怪你了,原来昨晚跳窗的是我。"

目标变了
夫妻二人吃饭时,妻子说:"你现在怎么尽挑鱼背上的肉吃?记得我们谈恋爱时,你最爱吃鱼头鱼尾……""情况不同了嘛!"丈夫说,"现在我的目标是吃鱼,当时我的目标是钓鱼。"

饶你一次

一个男人很怕老婆。一天,他老婆又当着客人的面和他吵了起来,并打了他一耳光。为了面子,男子壮着胆子大吼:"你敢再打我一下?"他老婆毫不犹豫地又打了一下。男子看吓不住老婆,只得说:"既然你这么听话,我就饶你一次吧。"

何必如此

妻子心血来潮,站在镜子前仔细端详,发现自己的脸竟是那样难看,不禁放声大哭。坐在一旁观察已久的丈夫说:"你偶尔照一次镜子就那么伤心,那我天天看着你又该怎么办?"

大丈夫

有个怕老婆的县官,被他老婆追打,狼狈不堪地躲到床底下。他老婆敲起床沿大声说:"快出来,快出来!"县官缩在里面说:"男子汉,大丈夫,说不出来,就不出来!"

梦话

妻子关心地对丈夫说:"老公,你近来老是说梦话,要不我陪你去医院检查一下身体。"丈夫惊慌地答道:"不用,如果医生给我治好了这毛病,那么我在家里的这一点点发言权都没有了!"

气涨的

我:"老公!为什么你的脚摔伤一个多月了还在痛啊?"

老公:"那是因为你不关心我!"

我:"……那我天天都不关心你,怎么不见你那大肚子饿小点儿?"

老公:"那是气涨的!"

以后绕着过

老公和老婆去看新买的房。一开门,老鼠从眼前跑过。老公迅速关上门,拿起东西追打,就在老鼠快要被打得没气时,老公开门将其放走。老婆抱怨没打死它,老公说:"我这是让它去给其他同类捎个口信,咱们这家人不好惹,以后绕着过!"

斑马还是熊猫

我很黑,我老婆很白。我很胖,我老婆也很胖。朋友今天取笑我:"以后生个娃娃皮肤会什么样啊……肯定很纠结。"我:"你知道斑马吗?"后来想想不对,按照我们的体型……又回了句:"你知道熊猫吗?"

牙口不错

某日,在老公怀里,他突然翻看着我的嘴唇和牙齿,说了句:"牙口不错!"

劳你费心

朋友姓胡,最近得子,荣升当老爸。他太太和儿子这两天去他丈母娘家住了,即将回来。于是他在Q上签名:"周三接娘娘和太子回宫。"有位损友点评:"好的,胡公公,朕的事就劳你费心。"

经典小笑话

高中的时候，有一次班里踢足球，围观一女生不小心被足球撞到小腹，疼痛难忍，这时候旁边一哥们儿说："用手捂着，跳几下就没事了……"

MM："老师，我有心脏病，申请不参加军训。"
辅导员："你有校医院的证明吗？"
MM："……这还要证明？"
辅导员："当然！除了肉眼能判断的外伤，其他的都要证明。"
MM："好吧，我头发分叉。"

物理课上讲动量守恒。老师："用一个鸡蛋去撞另一个静止的鸡蛋，谁碎了？"学生："心碎了。"老师："谁的心碎了？"学生："母鸡的心碎了。"

语文课上,老师让小花用"长城"造句。小花答:"长城很长。"老师不悦,说:"不行,再造一个!"小花说:"办不到,我又不是秦始皇!"

朋友公司每天中午饭后发水果,部门新来了个小伙不知道这件事。下午上班时间到了,小伙回到自己座位,大喊:"这是谁的橘子啊?"朋友见状连忙制止:"给你发的!""为啥给我啊?"朋友:"看你长得帅呗!"小伙看了眼朋友,又看了眼朋友的桌子,道:"那你怎么也有呢?!"

美女抱怨道:"我昨晚梦见黄鼠狼追了我一夜,累死我了!"朋友听后,解释道:"梦的意思是告诉你,你是鸡。"

一个人住旅馆,当他乘电梯上楼时,电梯在一个楼层停止,一个一丝不挂的美女走了进来。他惊呆了,目不转睛地一直看。美女:"有什么好看的,没看过是吗,乡巴佬。"他答道:"看过,没什么嘛,我老婆也有一套你这样的睡衣。"

晚上跟一帮单身同事去K歌，有男有女。刚刚十点，有一MM起身欲走。众人劝留，一哥们儿说："家里有谁呀？这么早回去干吗！"MM皎洁一笑："嘿嘿，我金屋藏娇。"哥们儿又说："你又不是男的，藏个什么娇？"另一哥们抢答："香蕉！"

今天有个暗恋已久的MM打电话给我："来我家吧，没人！"我兴奋地狂奔而去！敲了一个多小时的门，发现真的没人，坑爹啊……

爸妈很爱演，一次我和妈妈撒娇，我问："妈妈我怎么来的？"我妈："下载的。"我："……"我爸："我上传的我上传的！"我："……"

阿呆解手时看到墙上写着：向上看。阿呆好奇地抬起头，见上面写：再往上看。于是他又再看上去，在接近天花板的墙上写着：你尿在鞋子上了！

N年后的一天，开着车加油。师傅问："加多少钱？"我说："加10000块钱吧！""加这么点才能开多远，干脆加满了吧！""不了，留点钱还得买两棵大葱呢。""加好了，等下我给你拿发票。""私家车，不用发票。"师傅愣了半天说："我靠，私家车也敢来加油！"

一男子头部受伤,血流不止,女朋友送他去医院。出租车上,女朋友用纸巾帮他止血,但是纸巾一会儿就不够了。女朋友从包里拿出一片卫生巾按在男子伤口上,血果然马上就止住了,女朋友松了一口气。到了医院,男子在缝针的时候,女子问大夫病情如何,大夫拿着卫生巾说:"你要是再换一片,估计这兄弟就挂了。"

 比较经典的短信笑话

 沈阳一三岁儿童,为救喜羊羊用砖头打坏一台电视。

 在餐馆点菜,看到倒数第三个,就问厨师:"牛房是什么东西啊?"厨师愣了一下,淡定地指着自己的胸口对我说:"牛房就是牛的奶屋。"……牛的奶屋……我勒个去啊……

 土豆是万能的。在宫保鸡丁里是鸡丁,在水煮肉片里是肉片,在咖喱牛肉里是牛肉……难以想象,没有了土豆的学校食堂该怎么办!

"最炫杜甫风"：开元的盛世是我的爱，幽幽的蓬门今始为君开。什么样的美酒更呀更开怀，什么样的茅屋最耐大风拆。萧萧的落木从天上来，锦官城姹紫嫣红一夜花成海。火辣辣的泰山是我们的期待，一路若喜若狂妻子愁何在，我们要愁就要愁得更悠哉。你是我身边最美的李白，天子呼唤也不上船来。悠悠地唱着最炫的杜甫风，让诗记录大唐的兴衰。我是你课本最美的男孩，我千变万化就是让你猜，悠悠地唱着最炫的杜甫风，是语文课本最美的姿态。

妈："你说你，要学历没学历，要长相没长相，要女朋友没女朋友，你还能干点啥！看看你X姨家的儿子，要什么有什么，谁要跟了他可享了福了。我要是有女儿，肯定上赶着给他送去，就怕人家不要呢！"儿："妈，没事儿，有儿子也一样！"妈："什么？"儿："你把我送去吧，他已经要了。"

高中的时候总想着要去离家很远的地方上大学，现在想想……这不是缺心眼吗！

要不我们31号就全部走人，回家的回家，出去玩的出去玩，把所有教室的黑板上都写上："老师，愚人节快乐！"

一老头说:"当日华山论剑,先是他用黯然销魂掌,破了我的七十二路空明拳;然后我改打降龙十八掌,却不防他伸出右手食指中指,竟是六脉神剑商阳剑和中冲剑并用,又胜我一筹。可见天下武功彼此克制,武学之道玄之又玄!"少年听得心驰目眩,正要发问,旁边老太太骂道:"玩个石头剪子布都说得这般威风!"

今天在楼下打水,听见一女人对另一女人说:"清明过后,我就有钱了……"我当时就凝固了。

据某报报道:"某医院收治的睾丸炎病人,因误诊被切掉一个球,结果获赔100万元。"想到俺们每天上班都携带200万元固定资产,男人们你不感到很牛吗?

如果你亲眼看见一棵棵苍天大树是如何变成一摞摞作业本时,你还忍心写作业吗?当你看到一张张考卷的时候,你还忍心去考吗?是的!没有买卖,就没有杀害!

一天有个电视节目,采访一个小偷,问他为什么干这行,本来以为他会说生活所迫之类的。结果小偷说:"人生就像一场电影,有的人演警察,有的人演小偷。总要有人演小偷。"

纠结：我和段无洁分手了，现在在等钟秋洁，但实际上我特喜欢方书佳，好想方书佳……不过她姐姐方函佳更美，我更喜欢。但我内心一直最爱步尚雪，我多么想永远和她在一起。当然还有她的姐姐步尚班。

世界上最远的距离，不是生与死的距离。而是我站在你身边，你他娘的却在玩手机。

某男参加party，走进一看是清朝party，怎么办？当时该男身上只有一把瑞士军刀，瑞士军刀not fashion……but没有关系，整个场面要hold住！不能慌，于是该男子拿出瑞士军刀，ok，一秒之内变公公。整个场面成功hold住！

《水浒传》翻拍之后叫《新水浒传》，《红楼梦》翻拍之后叫《新红楼梦》，《三国演义》翻拍之后叫《新三国演义》，《还珠格格》翻拍之后叫《新还珠格格》，那《新白娘子传奇》是什么时候翻拍的？

一位老师提出财富自由的几个层次,很有意思。一、超市自由,去超市想买啥不再考虑价格;二、数码自由,买数码产品不再考虑价格;三、汽车自由,买汽车不再考虑价格;四、房子自由,买房子不再考虑价格;五、经济自由,买公司不再考虑价格。你到哪个层次了?

奶奶给在国外的孙女打电话:"以后就不要打电话了,我听说用电脑写信很快,以后用电脑写信吧?"孙女道:"好的,告诉我E-mail地址吧?"奶奶生气地说:"地址?到了国外就把家里的地址都忘了?"

拍卖会上,一位阔佬对大家宣布:"我不慎将自己的钱包丢在了会场,内有现金10000元,谁能将钱包送还给他,他将出酬金100元。"阔佬的话音刚落,马上就有人大喊道:"我出150元!"

一日去银行,进门处工作人员告之需先拿号排队,我问在哪拿号,答曰门后那里有个按钮。我跑到门后只看见墙上有个类似开关状的按钮,遂按之。霎时间整个银行大厅灯全灭,只见若干保安手持枪械向我冲来。

老王说:"两年前,一个画家为我老婆画像,到现在他还没有画好。"老李说:"那算什么!三十年前,一个画家就开始为我老婆画像。"老王问:"现在怎么样了?"老李:"现在?我既没拿到画像,也没见到老婆。"

乘电梯下楼,遇一时尚美女,喷着浓浓的香水,下至5楼,上来一老太太,在电梯里闻到这股味道,大声评论道:"怎么在电梯也喷杀虫剂?"满电梯的人掩嘴而笑……

一女孩指着报纸对男朋友说:"你看你看,报纸上说捐献精,一次可以补助300元。" 男:"你想怎么样?"女:"如果你受得了的话,我想年内买套房……"

女人最容易高估的两件事情:一是自己的美貌,二是男人的感情;男人最容易高估的两件事情:一是自己的性能力,二是前女友对自己的感情。

男人也真不容易。帅一点说靠不住,丑一点说没面子;殷勤一点说娘娘腔,规矩一点说假正经;幽默一点说油腔滑调,木讷一点说不解风情;活泼一点说浅薄轻浮,深沉一点说装蒜摆酷;随和一点说缺乏原则,执着一点说呆板固执;周全一点说圆滑老到,粗糙一点说办事不牢。即便样样都遂了心意也会被嫌没了个性！

还是老妈说的话最经典，她说："你们这代人呐，就是活得太明白了，所以什么都得不到。我们当年什么都糊里糊涂，该结婚结婚，该工作工作，现在什么都有。"

幸福="土"+"￥"+"衣"+"一口田"，幸福就是：有安身立命的一块地，有点钱，有衣穿，有一份事业可耕耘。此乃幸福之意也！

同学们，如果下次你们被老师收了手机，请大胆地拿起电话拨打110，老师强行没收你手机是抢劫罪，不管允许不允许带手机，那都是你的私人财产。如果是在宿舍收就叫入户抢劫，如果收了多人的手机或者多次收手机，按照刑法，是要判刑3~10年的！另外如果他在没收过程中恐吓你，这也是要判两年的！感觉爽吗？

有人问士兵："你们见了敌人为什么跑呢？"士兵说："我们并不怕敌人，我知道地球是圆的，打算兜到敌人背后开火。"

初中的时候检查身体有一项是查色盲的，拿一个本子，每一页都是一些不同颜色的小碎片拼成的图案，有的是数字，有的是简单的画。我们挨个上去看,报告给大夫自己看到了什么东西,一般都没什么问题,毕竟从小学就开始体检,有经验了。结果有一位同学平时学习超级努力的那种,上去拿过本子扶了扶眼镜说了一句让我们全部跌倒的话:"一堆碎玻璃。"

结婚那天你一定要来做我的伴娘,因为我们承诺过要一起走进婚姻的殿堂……

某明星:"你相信我一天只睡一个小时吗?"记者:"那你其他23个小时在做什么?"明星:"打瞌睡。"

某君四十而谢顶,终日忧烦,一日见报上有治秃秘方的广告,大喜,立即汇款邮购。数日后收到回信:请问您要假发还是帽子。

某君梦见一秘密可醒来忘了!他决定第二天如果做同一个梦就记下来,于是在枕边放了纸笔。次日醒来看纸上这样写着:香蕉大则香蕉皮必大!

某甲教鹦鹉说话:"我会走。"鹦鹉:"我会走。"甲:"我会说话。"鹦鹉:"我会说话。"甲:"我会飞。"鹦鹉:"你丫别逗了。"

两个男生去食堂吃饭，不幸旁边坐着一对情侣，卿卿我我，还相互喂饭。俩哥们儿就有点呆不下去了，但是他们什么也没有说，不久两情侣自己主动离开了……因为他们也开始相互喂饭了。

人一上了年纪就容易耳背，小时候在奶奶家，有一天上午爷爷准备去钓鱼，刚出家门就碰见了隔壁家的老大爷。老大爷对我爷爷说："钓鱼去啊！"我爷爷说："不是啊！我钓鱼去。"然后老大爷说："哦，我还以为你要去钓鱼呢！"

学校规定老师上课不许接电话，有天上数学课，老师电话响了，老师纠结地看了半天，问我们："领导电话，接不？"我们回答："必须接！"然后老师出去大喊一句："老婆干啥啊，我上课呢！"集体晕倒！

表妹小时候很有创造性，大概在她3岁的时候流行一首歌《常回家看看》，有一句歌词是"老人不求子女为家做多大贡献呀"。我们整天就听见她自己在那哼哼这首歌，歌词一直听不清。后来有一天听清了，她唱得是"老人糊涂儿女捣乱都是小混蛋呀"。

带儿子去沃尔玛，看见一个变形金刚套装，哭着要买，我不许，儿子大声说道："你不买我就告诉我妈你在商场和别的阿姨亲嘴。"当时我就笑了，这没有的事啊，你妈不会信的。接下来儿子一句话就把我秒杀了："你说妈妈是信我这4岁的乖孩子，还是信你这个做生意的老油条？"好吧！我承认我最后妥协了。

一位员工上班迟到，老板问其原因，答曰："早上做了个梦，梦里我和几个朋友被劫持了，大伙正考虑怎么脱身的时候闹钟响了。起来正准备穿衣服，突然想到如果我溜掉了，剩下的哥们儿会不会被杀掉啊？兄弟如手足，我可不能扔下兄弟们不管，于是就躺下接着睡了。"

会议上，领导提出一个很平淡的问题："处女节是几月几号？"见众人茫然领导又说："我们一再强调，要用科学的方法学习和思考，才能应对各种问题……你们……""请大家记住，处女节是3月7号！因为处女和妇女仅仅只是一日之差！"众人惊讶万分，赞道："领导英明！"

今天请一哥们儿吃饭，他估计吃多了，在公交车上忍不住连着打了三个嗝："呃——呃——呃——"旁边座位上一个小朋友，坐在妈妈腿上，奶声奶气接了句："曲项向天歌——"全车人都笑疯了……我哥们儿独自在角落里憋到内伤……

开心一刻小笑话

有个有钱人得了绝症,眼看要死了,就偷偷把自己的钱分成好多份,立下遗嘱:每年清明让家人在他的墓前团聚,先祭奠他,然后举行……抽奖活动……

过年放假回家的话一进门先要跪下:"对不起,妈,还是没有女朋友……"

我发现,在学习上,我们和灰太狼一样,每学期都以一种极其NB的姿态出场,学期末又以一种人人都意料之中的SB姿态退场,末了,还要喊一句:"我一定会好好学习的……"

老爸说:"你们现在的答题卡怎么像彩票一样?"答:"其实性质差不多……"

快考试了。求科比附体,单科81分,求火箭队附体,22科连续不挂,求麦迪附体,35秒能抄13分。

理想老公的条件:1.带得出去,2.带得回来。

哥哥和弟弟正把一架钢琴从7楼往下搬,到了3楼,兄弟俩停下休息。弟弟边擦着汗边说:"要是我,我宁愿吹小号。"

儿子对爸爸说:"爸爸,你爱我吗?"

爸爸说:"当然了。"

儿子说:"那你可不可以和妈妈离婚,和隔壁那个卖冰激凌的阿姨结婚啊?"

"爸爸,道德是什么?"

"道德是什么?举例说吧:有人把装有一千块的钱包忘在商店里,我捡到了,我是一个人独吞这笔钱呢,还是与售货员平分?这就叫道德。"

5岁的弟弟跑过来对我说:"哥,我刚才在老鼠洞里找到不少葡萄干,你要不要分点?"

我无语。哪知他尝了一口,说:"不对,好像是老鼠屎。"

儿子:"妈,什么叫唯唯诺诺的人?"

妈妈:"就是那些从不发表自己的意见,嘴里常说'对,对,对'的人。孩子他爸,我说得对吗?"

爸爸:"对,对,对。"

小明看到王叔叔从前面走过来,就赶紧上前跟他打招呼:"王叔叔,你怎么还在这里啊?"

王叔叔:"怎么了,小明,有事吗?"

"王阿姨在街心花园都等你老半天了,我刚才看见她,她让我看到你的时候跟你说一声,让你赶紧过去。"

"不会吧,中午的时候还给我打电话呢!"

小明:"真的,骗你是小狗。"

王叔叔:"好,小明,谢谢你啊!"

这时,只见小明小声嘀咕着:"不骗你才是小狗呢!"

有次几个地痞欺负邻居小孩子鹏鹏,女友正好路过救下他,这几个家伙竟要猥亵女友,女友吓得大叫:"非礼,非礼啦!"这时旁边冲过好多人来，吓跑了这几个流氓，鹏鹏兴奋地对女友说：非礼是什么绝招啊，这么厉害！你一叫就来这么多人啊，下次我也叫'非礼'！"

妈妈给儿子讲故事："有两个人，一男一女，他们天天并肩而行，却不能交谈一句，甚至扭头看对方一眼都是奢望。"
孩子打断了妈妈的话，问道："你说的是《新闻联播》那俩播音吧！"

约翰从外面回来，手里拿着一张大面额钞票，对妈妈说："这是我在外面捡的！"母亲不相信，问："果真是捡来的吗？""是真的。"约翰回答，"我还看见那人在找呢！"

微博来的冷笑话

米饭和包子打架。米饭人多势众,见了包着的东西就打,糖包、肉包、蒸饺无一幸免。粽子被逼到墙角,情急之下,把衣服一撕,大喊:"看清楚,我是卧底!"

中学时物理老师上课讲摩擦生电,说:"我们冬天的时候脱毛衣,毛衣都会嚓嚓响,还有电光。但是夏天就不会这样。为什么呢?"后面的男生:"因为夏天不穿毛衣!"

一同学听老师讲《圣经》,讲到大洪水把地球上生物全淹死了,问老师:"你确定?"老师说:"确定。"他问:"那鱼呢?"老师说:"你出去!"

乞丐:"给我点钱。"先生:"给你抽烟。"乞丐:"不抽,给我点钱。"先生:"有酒你喝吗。"乞丐:"不喝。"先生:"带你搓麻将赢算你的。"乞丐:"我不赌钱。"先生:"带你去桑拿'一条龙',费用我包。"乞丐说:"我不去,给我点钱。"先生说:"赶紧上车回去给我媳妇看看:一个不抽烟不喝酒不赌钱不桑拿的好男人混成啥样了!"

我几乎从来不生气,因为我认为没必要,有问题就去解决,不要让别人的错误影响自己。这是我大多时候感到快乐的秘诀。但是,我不生气,不代表我没脾气。我不计较,不代表我脾气好。如果你非要触摸我的底线,我可以告诉你,我并非善良。

千山鸟飞绝,都在写总结;举头望明月,低头写总结;生当作人杰,死亦写总结;远上寒山石径斜,白云深处写总结;垂死病中惊坐起,今天还要写总结;人生自古谁无死,来生继续写总结;但使龙城飞将在,看谁敢不写总结;众里寻他千百度,蓦然回首,那人正在写总结。

学校新分配进一年轻教师,校长语重心长地对他说:"考100分的学生你要对他好,以后他会成为科学家;考80分的学生你要对他好,他可能和你做同事;考试不及格的学生你要对他好,以后他会捐钱给学校的;考试作弊的学生你也要对他好,他将来会成你的上司的;中途退学的同学你更要对他好,他会成为比尔·盖茨或乔布斯!"

去朋友家，一段时间不见，他家的仙人球突然大了不少，很疑惑。阿姨说："别看了，这盆是昨天刚买的。""之前那盆呢？"阿姨幽幽地说："被你弟当牙签用完了。"

微博上转发很火的一句话："你所浪费的今天，是昨天死去的人奢望的明天。你所厌恶的现在，是未来的你回不去的曾经。"时间残忍，珍惜眼前。

千万不要在2012年12月31日夜晚23：59上厕所，否则……你明年才能出来。

突然想到一个很有深度的问题：杨过断臂那么多年，他是怎么剪指甲的啊？

校园幽默不可挡

我:"去洗澡吧。"

同学:"没水,烧水那老头不在。"

我:"怎么不在?"

同学:"摔了,被120拉走了。"

我:"放P,中午我还看见他在扫房顶呢。"

同学:"对,然后掉下来了。"

我:"……"

同学委屈地说:"这十几年来我辛辛苦苦地逢考必抄,为了什么,难道是为了我自己吗?!还不是为了提高班级的均分,为了任课老师的面子,为了年级主任的评先评优,为了校长去教育局开会有面子。每次抄得心惊胆战,满身虚汗,我有说过一句怨言吗?!无私到这个地步你还要我怎样!"

关于超短裙,经贸系女生:"降低谈判对手的目光正是四年寒窗苦读所追求的。"

政治系女生:"从长裙到短裙,再到超短裙,这恰恰是集中制最有力的体现。"

马上就要期末考试了,同学们都在抓紧时间复习。班上有个胖子,平时学习不努力,复习时还做起了祈祷。胖子口中默念着:"老天在上,黄土在下,草民愿以十斤肉换期末考试各科及格。"

某女同学电脑故障打电话到售后服务部门:"你们的电脑怎么这样,烂得要死,只有傻子才会买你们的电脑。"客服回答:"很抱歉给您带来的不便。也请您不要这样批评自己,您的问题我们会尽快解决……"

那些未复习的科目,就好似一个个等待宠幸的妃子,明知道经过考试前那一夜的覆雨翻云它们就会被永久地打入冷宫,但她们依然在朕的面前搔首弄姿:"复习我吧复习我吧……"难得的是朕仍能够坐怀不乱地爱着我的皇后——电脑!

艺术课的时候班里放了部日语电影,我不感兴趣,没看。下课之后,旁边女生问我:"你感觉日语和韩语有什么区别?"我想了想,告诉她:"看过几部韩剧,但日本电影除了那些不穿衣服不说话的运动视频之外,我倒是没看过其他的。"女生一瞪眼,"啪"地给了我一耳光,并大声骂道:"流氓。"我摸了摸红肿的脸颊,心里委屈地想:"看看相扑怎么就变成流氓了?"

高中的时候,一同学在班级里做集体游戏的时候输了,然后上台,说:"下面我给大家唱一首英文歌,比较老,不过大家都很熟悉。"

下面一阵尖叫声,然后是热烈的掌声。

同学清清喉咙,唱:"ABCDEFG……"

老师:"同学们,再过几天你们就要离校了,可你们的能力……我看你们还是多考几个证书才行啊,社会上的证书太多,你们最想拿的是什么证书呀?"

学生:"结婚证书。"

有两个同学在食堂看见一个漂亮的学妹和她妈妈在用餐,打赌谁能聊一句话,对方给10元。

A上前和母女搭讪,妈妈警惕地看一眼,示意女孩不要说话,他无奈退回。

过一会儿B礼貌地坐在二人面前:"你们姐妹俩长得真像啊!"

妈妈立即笑:"我有那么年轻吗,我是她妈妈!"

B故作惊讶。

妈妈:"你看这叔叔真有意思!"

于是三人热聊,A输了近一千。

搞笑短信逗你乐

本学期还有四个星期结束,第一个星期过圣诞,第二个星期过元旦,第三个星期完蛋,第四个星期我们滚蛋。

领导说让你看着办,不是不让你办,而是让你抓紧办;领导说再想想,不是他没想好,而是要你别再想了;领导征求你的意见,不是真的广开言路,而是在寻求同谋;领导表扬你,不是因为你真干得好,而是在笼络人心;领导批评你,不是你真的有什么过错,而是提醒你别站错队伍。

圣诞节的传统是乖孩子们能在挂起的袜子里得到礼物,而坏孩子们的袜子里会被装满煤炭,以示惩罚。今年坏孩子们的袜子里会被塞满欧元,因为煤价太高了。

中午家里聚餐时,表妹要去上厕所,于是很肆无忌惮地在餐桌上讲到:"我要去拉屎。"老姨瞪了她一眼说:"餐桌上,能不能讲得文雅些?"于是乎,表妹突然红了脸,低下头说:"我想去给咱家马桶送午饭。"

我的中文名是过儿,英文名是pass,日本名是不挂科子,韩国名是要过思密达,印度名是过儿阿三,俄罗斯名字是必过特罗夫斯基。

最幸福的研究生是马伊俐,因为她有文章……

犹太人张贴的小告示:遗失皮质钱包一枚,照片你可以留下,里面的钱请务必归还于我,我对它们有很深的感情!

一只蛐蛐跟猪打赌说:"我跳进草里你就看不见我。"猪说:"我要看得见你呢?"于是蛐蛐跳进草里。于是……猪在看,猪在看!猪还在看!猪咋还在看呢!

一男一女在偷情,这时门外传来脚步声。"天啊,是我丈夫来

了，快从窗户跳出去。""你疯了吗？这可是13楼！""快点吧！没有时间迷信了。"

四级激动地扑到六级的怀抱里……兴奋地抬起头……"我终于玩死他们了。"六级揽上他的腰……温柔宠溺地说……"这种事情我做就够了。"

经典到死的屁话，赶紧学几句得瑟得瑟吧

那人长得吧，怎么说呢。像素比较低！

在职场中就应该像柯南那样，有一种走到哪就让别人死到哪的霸气。

大哥你是别号"秋高"吗？我完全被你"气爽"了！

关于明天的事，我们后天就知道了。

天上没有白掉的馅饼，倒有白掉的砖头。

生活太艰难了，为了多掌握一门吃饭的手艺，我正在练习左手使筷子。

船停泊在港湾里非常安全，但那不是造船的目的。

眼泪的存在，是为了证明悲伤不是一场幻觉。

只要心还愿攀登，就没有到不了的高度。

思念不能自己，痛苦不能自理，结果不能自取，幸福不能自予。

寂寞就是有人说话时，没人在听；有人在听时，你却没话说了。

我不打你，你就不知道我文武双全。

鹅鹅鹅，曲项用刀割，拔毛加瓢水，点火盖上锅。

我们每个人都是梦想家，当梦走了，就只剩想家了。

"你喜欢我天使的面孔还是魔鬼的身材？""我就喜欢你这种幽默感。"

你有权保持沉默，但你所说的每一句话都将成为遗言。

不蒸馒头争口气，哪怕没有猫扑币。

船可以暂时停泊，帆却不可以停止选择方向。

我颠覆整个世界，只为摆正你的倒影。

我有一筐的愿望，却等不到一颗流星。

买了一只精致的小表，可时间还是那么无聊。

没有不透风的墙，没有不能上吊的梁。

女人不要以为长得好就可以不念书，男人不要以为书念得好就可以长得难看。

生，容易；活，容易。生活，不容易。

弱肉强食的地方，人们不同情弱者。

一个人要不正经，连头疼都是偏的。

人要是真活到不要脸的地步，怎么也能活下来。

有的人还活着，他已经死了；有的人活着，他早该死了。

我一生只不会两件事：这也不会，那也不会。

总有一天你的名字会出现在我家户口本上。

善良就是别人挨饿时,我吃肉不吧唧嘴。

东方女性的传统优点您都具备了:一美丽、二善良、三贤惠、四勤劳、五温柔、六纯洁、七朴实、八端正,所以人们叫你八婆。

人倒霉,喝凉水也会塞牙;水更倒霉,被喝也就算了,还要被困在牙里。

时钟的庄严,源于齿轮间的精密。

您真是文如屈原,人如粽子。

比一比这两条鱼谁长得帅,长得帅就是明天的菜。

当有人装酷时,哥都会低下头,不是哥修养好,哥是在找砖头。

你这种说话方式,在修辞学里叫作"扯"。

光阴似面,日月如锅。

到此一游,解闷消愁,远望群山,一锅窝头。

爱情曾经来过,徒留一地的悲伤。

闭上眼睛,我看到了我的前途。

我要让全世界知道我很低调。

喷饭的爆笑冷笑话

1.
　　7岁的小侄女非要和我一起洗澡,边洗还边说:"姑姑,你的胸为什么这么小?"我狂汗:"哪小了,怎么小了!"小侄女可怜地看了我一眼安慰道:"没事,我的也很小。"

2.
　　俺:"请问您是传说中的铁扇公主吗?"
　　女:"公子何出此言?"
　　俺:"因为……因为……因为俺觉得您的长相只有牛魔王才能配得上您!"

3.
猴子走进玉米地，左手摘下一个玉米放在右腋下，右手摘下一个玉米放在左腋下，然后又是左手摘下一个玉米放在右腋下，如此循环往复，猴子累得不行："谁这么缺德，这只不过是一个Flash，你再刷新还不是一样的！"

4.
我同学的女友姿色出众，追求者甚多，令他头痛不已。
一天，他女友又收到一医学院高材生的追求，我同学心知来者不善，试探道："那你什么态度呢？"
女友答道："我想都没想就直接拒绝了他！"
我同学深感欣慰，又问："他是怎样约你的啊？"
女友答："他问我想不想一起看死尸！"

5.
大学最后一学期，跟班上一男同学在一个实验室同做毕业设计。该同学是典型的技术男，技术很强，RP超好，就是比较木讷，基本不跟女生说话。一天，我写论文到夜里12点才想起来回宿舍，走到楼梯口，发现早已熄灯了，楼道里黑漆漆一片，静得要死，那叫一个恐怖！
没法子，回实验室，见该男还在埋头论文中，遂叫他陪我下去，他很爽快地答应了。等走到伸手不见五指的楼梯口，他很仗义地对我说："来，把手给我！"当时我那叫一个感动啊，多么热心的好同学，多么绅士的好男人啊！莫非我未来的老公就是他？于是我伸出那双温润的小手……他抓住我的手，然后轻轻地放到楼梯扶手上说："别害怕，你自己扶着这个走下去就可以啦……"

6.

办公室里新来了一个漂亮的MM,不知怎么的,从此后骚扰电话就不断了,正当大家一筹莫展时,隔壁办公室的小娟说她有办法。小娟先让我们办公室将电话摘机半天,下午,电话刚放好,铃声就响了起来,小娟通过来电显示确认是骚扰电话后,接起电话,用普通话说:"谢谢您的耐心等待,此电话已改为声讯台,如果您想找人聊天请按1,如果您求医问药请按2,如果……"没等小娟说完,对方已吓得挂了电话。

7.

在一个现场直播的电视节目上,幽默的主持人把来宾逗得不停地哈哈大笑。过了好一阵子,一位来宾忍不住对身旁的另一人说:"当你大笑的时候,我总想,等节目结束后请你到我那儿去坐坐。""怎么?是不是我的笑声很有感染力,率真爽朗,你想跟我交朋友?""不是,你误会了,我是一个牙医……"

8.

某贴子问道:"假如变成了隐形人,你想做的第一件事情是什么?"

在众多的回复中有这么一条:"在闹市街上放100元,谁捡我就踩谁的手。"

9.

老板有两年没给我涨薪水了。这两年来，每次去唱歌，我都会把老板的名片留给陪唱女郎，每次去酒吧，也把老板名片留给酒吧女郎，路过红灯区遇到纠缠女郎，也随手发发名片，两年来，老板共被派出所找去谈话数次，罚款数次……各位老板，不给员工加薪的后果绝对惨到你无法想象……

10.

男职员："经理，我想请假去向我女友求婚。" 女经理："难道你没听说，婚姻是爱情的坟墓。"男职员想了想，说："那我想去上坟。"

校园中的搞笑人才

在学校辩论赛上。

正方辩题：人为他人而活。

反方辩题：人为自己而活。

反方提问正方："对方辩友既然是为了他人而活，那你能给我买个肉夹馍吗？"

正方："……能。"

反方："那你别比赛了，现在就去买吧。"

正方："……"

有一次，我监考四级考试。当时我在讲台上坐着，看到下面一名男生鬼鬼祟祟，一只手在上面写，一只手在下面动，嘴里还念念有词。我想这肯定是在作弊，于是走过去一看，这哥们儿手里赫然拿着一串佛珠……

一次物理课上,老师讲到安培定律。老师问我们判断一个带电流导体在磁场中受力方向用左手定则还是用右手定则,有说用左手有说用右手的,久久没有确定的答案。无奈之下老师说道:"男左女右?"

毕业生去应聘,招聘人员问:"你在学校都考过什么证吗?比如英语四级、计算机二级什么的。"

学生:"考过啊,我有很多证。"

招聘人员很感兴趣,就问:"都有哪些证?"

学生:"都是准考证。"

一学生,非常害怕考试。这天,老师突然宣布要进行考试了,他一听,登时吓得昏死过去。周围的人连忙捶背的捶背、按摩的按摩,大呼小叫了一通,仍然没有反应。这个时候,一个同学自告奋勇说:"我能救活他。"他把嘴悄悄凑过去,在昏死者耳边说了一句话,那个人马上一激灵就坐了起来。其他同学都惊讶道:"你给他说的什么啊?"那同学说:"我告诉他,阴间也要举行考试啦。"

高中的时候全年级去搞什么综合实践,全部都住校。有一天学校领导训话,说到纪律问题:"男生一旦被发现进入女生寝室,学校将严肃处理。"下面就有人问:"那女生呢?"领导很爽朗地说:"女生啊,如果女生被发现进入男生寝室,后果自负。"

今天早上，物理老师走进教室，大喝一声："赶紧把所有窗户关上！"同学们都愣了，不知道是什么意思。然后老师拿出试卷说道："这次的物理成绩非常差，我担心有些同学会想不开。"

一位求职者在"特长"一栏中填上"造谣"。主考官不信任地说："你造一次谣给我们看看。"求职者走到门外，对那些等待考试的人说："你们可以回去了，我已经得到了这份工作，没你们的事了。"